지금부터 내 인생을 살기로 했다

지금부터
내 인생을
살기로 했다

김옥림 지음

미래북
miraebook

사람은 그 누구나 인생이라는
먼 길을 가는 여행자다

　마라톤을 할 때 가장 마음을 써야 할 것은 자신에게 맞게 페이
스를 조절하는 것입니다. 처음부터 승리의 욕심으로 무리하게 달
려감으로써 힘을 빼 버리면 중도에 포기할 확률이 높습니다. 아무
리 강철 같은 체력을 지녔다고 해도 42.195km를 달려간다는 것
은 매우 힘든 일이니까요. 그런데 마라톤 대회를 보면 처음부터
단거리 경주를 하듯 달려가는 선수들을 종종 보게 됩니다. 처음
얼마 동안은 맨 앞자리에서 달리는 기분을 만끽할 수는 있어도,
그것은 오래가지 못합니다. 시간이 흐를수록 점점 뒤처지기 때문
이지요. 하지만 최후의 승리자는 결코 무리하지 않습니다. 자신의

체력에 맞게 페이스를 조절하는 능력이 탁월합니다. 그러다 보니 여유롭게 마라톤을 즐기며 힘을 아꼈다가 막판에 온힘을 끌어모아 승부를 겁니다. 그 결과 월계수를 머리에 쓰고 행복한 순간을 맞게 되지요.

인생을 살아가는 것도 마라톤과 같습니다. 빨리 성공하고 싶어 무리수를 두거나 룰을 벗어나게 되면 반드시 그 대가를 치르게 됩니다. 그것은 정상적인 삶의 궤도를 벗어나는 일탈의 행위이기 때문이지요. 또한 사람들 중엔 자신의 인생을 남에게 맞춰 살아가려

고 하는 사람들이 있습니다. 그러다 보니 남과 비교하게 되고, 욕심을 내게 되고, 흉내를 내게 됩니다. 이는 대단히 잘못된 결과를 낳는 어리석은 일일 뿐입니다. 그것은 자신을 지치게 하고, 피폐하게 하는 일이니까요.

행복한 인생을 살기 위해서는 그것이 어떤 일일지라도 자신이 좋아서 하는 일을 해야 합니다. 남들이 보기에는 보잘것없는 일도 내가 만족하고 즐거우면 되니까요. 내 인생은 내가 원하는 삶을 사는 것이지 남을 흉내 내고, 겉모습에 취하다 보면 결국 '나'는 없고 '후회'와 '공허함'만 남게 됩니다.

사람은 그 누구나 인생이라는 먼 길을 가는 여행자입니다. 인생

을 후회 없이 멋지게 살고 싶다면 '나'는 '나'를 살아야 합니다. 남을 부러워하며 욕심을 내거나 조급해함으로써 자신의 인생을 소모하지 말아야 합니다. 자신의 인생 페이스를 슬기롭게 조절하면서 앞만 보지 말고, 나무도 보고, 숲도 보고, 옆도 보고, 뒤도 보는 삶의 발걸음으로 세상을 바라보아야 합니다. 그리고 흔들리지 않고 살도록 마음을 강건히 해야 합니다. 그렇게 될 때 탐욕에 물들지 않고, 자신이 원하는 인생을 살게 됨으로써 맑고 여유로운 마음으로 행복하게 살아가게 될 것입니다.

이 책을 대하는 모든 분들이 행복한 삶을 살아가길 기원합니다.

김옥림

CONTENTS

CHAPTER 1
참 맑은 날 같은 그대에게

CHAPTER 2
그림으로 그린 시

CHAPTER 3
천천히 그러나 흔들리지 않는 나로 살기

CHAPTER 4
내 생애 가장 아름다운 순간

지치고 힘들 때 조용히 다가가 편히 기댈 수 있는
참 맑은 날 같은 사람이 그대에게 있습니까?
그대 또한 누군가에게 참 맑은 날 같은 사람인가요?

그렇다면 그대는 참 행복한 사람입니다.

참
맑은 날 같은
그대에게

그늘 한 점은
사랑이다

무더운 여름날, 나무가 만든 그늘은 훌륭한 쉼터입니다. 아무리 더워도 나무가 만든 그늘 안으로 들어가면 순간 더위가 싸악 가시는 듯한 느낌에 청량감이 들지요. 이처럼 그늘 안과 밖은 천지 차이입니다. 나무가 부리는 마법인 그늘은 사람들에게는 자연이 베푼 선물입니다. 그래서 예로부터 무더운 날은 어디를 가나 나무가 있는 곳엔 사람들이 삼삼오오 모여 앉아 이야기꽃을 피우곤 했습니다. 나무 그늘은 오순도순 정을 나누는 사랑방이며, 과일이나 음식을 나눠먹는 주방이며, 아이들이 뛰어노는 놀이터이며, 냉방기가 필요 없는 천연 선풍기이지요.

나무는 뜨거운 태양의 열기를 온몸으로 받아들여 시원한 그늘을 만듭니다. 나무는 사람에게나 새, 다람쥐 등의 생물들에게나 없어서는 안 되는 소중한 자연이지요.

인생을 가치 있게 살고 싶다면 자신의 모든 것을 아낌없이 베푸는 나무처럼 살아야 합니다. 물론 그렇게 한다는 것은 쉽지 않습니다. 그러나 그렇게 해야 합니다. 나무의 사랑과 인내심을 배울 수 있다면 충분히 인생을 가치 있게 살게 될 테니까요.

무더운 여름날 나무가 만든 시원한 그늘 한 점은 사랑입니다. 우리에게도 그런 사랑이 필요하고, 그런 사랑이 되어야 합니다.

따뜻한 사람 풍경

거리가 훤히 내다보이는 롯데시네마 인근 빌딩의 분식집 창가에 앉아 오천오백 원 하는 돈가스를 먹습니다. 돈가스를 가지런히 잘라 하나씩 먹을 때마다 반찬 삼아 창밖을 내려다봅니다. 수많은 표정들이 저마다의 길을 오고갑니다.

어떤 여인은 징검다리를 건너듯 조심조심 걷고, 어떤 사내는 발정 난 수사자처럼 헐떡이며 뛰듯 걷고, 풋풋한 이십 대 젊은 연인은 팔짱을 끼고 산책하듯 여유롭고, 엄마와 두 아이는 무엇이 그리도 재미있는지 깔깔 대며 걸어가고, 곱게 늙은 노부부는 손을 꼭 잡고 느릿느릿 걸어가고, 한 무리의 젊은이들은 왁자지껄 거리가 떠나가듯 활기차게 지나가고, 부부인 듯 어느 중년 남녀는 싸웠는지 거리를 두고 걸어갑니다.

　걸어가는 것도, 생김새도, 옷차림새도, 머리 모양도 다르지만 사람 풍경이 언제 봐도 정겹고 따스한 것은 사람들 사이를 타고 흐르는 핏줄보다 진한 정이 서로의 가슴에 꽃을 피우고 서정의 징검다리를 놓기 때문입니다.

　토요일 오후 7시 극장 주변 거리엔 사람 물결로 출렁입니다. 말소리, 숨소리, 사람들이 뿜어내는 열기로 거리가 꿈틀꿈틀 용트림을 합니다. 그저 바라보는 것만으로도 한 편의 영화를 보듯 정겹습니다.

　지금 이 순간 숨을 쉬며 살아있다는 것만으로도 참 감사하고 행복한 저녁입니다.

놓치고
싶지 않은 행복

고대 로마의 집정관인 아피우스 클라우디우스는 "사람은 각자 행복의 대장장이다"라고 말했습니다. 그의 말처럼 사람은 누구나 자신의 행복을 만드는 행복의 대장장이입니다. 그런데도 사람들 중엔 남들이 자신을 행복하게 해 주길 바라는 사람들이 있습니다. 그리고 그것이 충족되지 않으면 주변 사람들을 탓하고 사회를 탓합니다. 이런 마음자세를 갖고 있는 한 절대로 행복은 찾아오지 않습니다. 자신이 행복해지기 위해서는 자신을 행복하게 하기 위해 노력해야 합니다. 이에 대해 영국의 시인이자 화가인 윌리엄 블레이크는 이렇게 말했습니다.

"대개 행복하게 지내는 사람은 노력가다. 게으름뱅이가 행복하게 사는 것을 보았는가. 노력의 결과로 오는 어떤 성과의 기쁨 없이는 누구나 참된 행복을 누릴 수 없기 때문이다. 수확의 기쁨은 흘린 땀에 정비례하는 것이다."

또한 고대 그리스 철학자 소크라테스는 이렇게 말했습니다.

"나는 생각한다. 잘되겠다고 노력하는 것 이상으로 잘사는 방법은 없다. 그리고 실제로 잘되어 간다고 느끼는 그 이상으로 큰 만족은 없다. 이것은 내가 지금까지 살아오며 경험한 행복이다."

윌리엄 블레이크와 소크라테스의 말에서 보듯 행복해지기 위해서는 노력해야 한다는 걸 잘 알 수 있습니다.

자신을 행복하게 하기 위한 방법은 자신이 하기 나름이지요. 자신의 일에서 행복을 찾는 이들은 자신의 일을 즐겁게 열심히 하면 되고, 남을 돕는 일에서 행복을 찾는 이들은 즐겁게 남을 돕는 일을 하면 되고, 배우는 일에서 행복을 찾는 이들은 즐겁게 배우면 되고, 베푸는 일을 통해 행복을 찾는 이들은 즐겁게 베풀면 됩니다. 이처럼 사람의 성격에 따라, 가치관에 따라 행복해지는 방법도 다르답니다.

자신의 행복을 놓치고 싶지 않다면 주저 마십시오. 앞에서 말했듯이 자신이 가장 행복해질 수 있다고 생각하는 일에 열중하면 됩니다. 다만 그 일을 즐기면서 하면 행복의 지수는 그만큼 더 커진다는 것을 잊지 말고 행복의 지수를 한껏 끌어올리세요. 그렇게 되면 그 어떤 순간에도 행복할 수 있을 테니까요.

그렇습니다. 인생은 단 한 번뿐입니다. 이 소중한 인생을 알차고 행복하게 보내는 당신이 되길 바랍니다.

우체국
가는
길

전자메일이 생기고 나서
우체국 이용자가 많이 줄었다고 합니다.
문명은 사람들에게 편리함을 주었지만
인간 본연의 감성을 빼앗아 가버렸습니다.

나는 한 달에 적게는 두세 차례
많게는 대여섯 차례 우체국에 갑니다.

우체국에 가는 게 좋아서
편지를 보내거나 택배를 보내거나
은행 일도 우체국을 이용합니다.

우체국에 가면
먼 시골 친척집에 간 것처럼
마음이 맑아지고 편안해집니다.

봄, 여름, 가을, 겨울
우체국 가는 길은 꽃길을 걸어가듯
가볍고 상쾌하고 정겹습니다.

어쩌다 가끔은
사랑하는 사람을 만나러 가듯
숨 막히게 설레기도 합니다.

월터 카의
아름다운 눈물

  밤새 32km를 걸어서 출근한 스무 살 청년이 미국 사회를 감동의 물결로 만들었습니다. 앨라배마주에 사는 '월터 카'라는 이름의 이 청년은 첫 직장인 이삿짐센터에 출근하는 기분에 들떠 있었습니다. 그런데 공교롭게도 낡은 중고차가 고장이 나서 생각 끝에 회사까지 걸어가기로 한 것입니다. 월터 카는 자정쯤 혼자 도로를 따라 걷기 시작했습니다. 그렇게 4시간쯤 걸어갔을 때 순찰을 하던 경찰이 이상히 여겨 차를 세우고 "왜 이 시간에 혼자 걷고 있느냐"고 물었습니다. 월터 카는 자신의 사정을 이야기했고, 이를 가상하게 여긴 경찰은 그에게 아침을 사주고 안전한 곳까지 데려다주었습니다.

덕분에 월터 카는 예상보다 일찍 고객의 집에 도착했고, 그가 밤새 걸어온 사연을 듣고 감동한 첫 고객인 제니 라메이는 자신의 페이스북에 이 사연을 올렸습니다. 사연은 빠르게 알려졌고, 이 사연을 접한 이삿짐센터 사장은 이런 직원이 있어 참 자랑스럽고 기쁘다며 월터 카에게 새 차를 선물했습니다. 예상치 못한 자동차 선물에 감동한 월터 카는 눈물을 글썽이며 말했습니다.

"생애 첫 출근을 망치고 싶지 않았습니다. 오래 기다린 끝에 주어진 직장인 만큼 내가 열심히 일할 수 있다는 것을 꼭 보여주고 싶었습니다. 포기하지 않으면 무엇이든 할 수 있습니다."

이 얼마나 감동적인 일인지요.

자신의 직장에 첫 출근하는 날을 망치고 싶지 않아 밤새 길을 걸어서라도 출근 시간에 맞춰야겠다는 청년의 꿈은 결코 헛되지 않았습니다. 그렇습니다. 자신에게 정성을 들이는 것은 자신뿐만 아니라 다른 사람들까지도 행복하게 하고 기쁨을 주게 됩니다.

지금 우리 사회는 높아진 국민소득과는 달리 살아가기가 참 힘들다고 다들 말합니다. 특히 취업하지 못한 젊은이들이 일자리를 구하기 위해 애쓰는 모습을 보면 가슴이 저립니다. 물론 개중에는 일자리다운 일자리를 위해 눈에 차지 않는 일은 거들떠도 안 보는 젊은이도 있지만, 그렇지 않은 젊은이들이 훨씬 더 많습니다. 이 젊은이들이 마음 놓고 일할 수 있는 사회가 되었으면 좋겠습니다. 그리고 분명히 할 것은 어떤 일이 주어지더라도 감사히 받아들여 즐겁게 행해야 한다는 것입니다. 그랬을 때 월터 카가 그랬듯이 자신을 행복하게 하는 일이 반드시 주어질 것입니다.

나는 기차가
참 좋다

고속버스만 이용하던 나는 언제부턴가 서울에 갈 때 기차를 이용했습니다. 사람들이 떠들고 북적대는 것이 싫어 기차를 이용하지 않던 내가 기차를 이용하게 된 것은 두 가지 이유에서입니다.

첫째는 청량리와 원주 간에 복선 전철이 개통되면서 1시간 반 걸리던 것이 1시간이면 청량리에 도착하기 때문입니다. 또한 현재 공사 중인 원주에서 제천 구간 복선이 개통되면 청량리에서 원주까지 1시간 걸리는 것이 40분으로 단축된다고 하니 더더욱 기차는 나의 애용 교통수단으로 확실히 자리매김할 것입니다. 둘째는 기차의 차창이 버스보다 크고 넓어 시야가 확 트여서 버스보다 여행하는 기분을 느낄 수 있어 좋습니다.

이것이 기차가 나를 사로잡은 이유입니다.

나는 가끔 풍기나 안동에 가곤 하는데 이때도 기차를 이용합니다. 기차를 타면 공간이 버스보다 널찍한 것이 좋고, 화장실을 맘대로 애용할 수 있어 좋고, 무박으로 야간에 여행을 하기에도 좋고, 많은 사람들의 모습을 관찰할 수 있어 좋습니다. 사람들을 보다 보면 좋은 글감을 건지기도 하고, 그들을 보면서 사람의 향기를 느낄 수 있어 좋습니다. 그리고 앞에서도 말했듯이 여행하는 기분을 만끽할 수 있어 더더욱 좋은 까닭에서지요.

차창 밖으로 넓게 펼쳐진 풍경은 기차의 흐름에 따라 마치 영화의 장면이 그때그때 바뀌는 것 같아 새로운 기분에 사로잡히게 합니다. 기차는 버스나 승용차로는 느낄 수 없는 묘한 매력이 있습니다. 나는 그 매력이 좋습니다.

버스와 승용차가 간결한 문장의 시라면, 기차는 서사 구조를 지닌 소설이나 수필이라고 할 수 있지요. 이야기가 있는 기차, 다시 말해 삶을 엿볼 수 있는 기차인 것이지요. 나는 언제까지나 기차를 이용할 겁니다. 기차는 나와는 떼려야 뗄 수 없는 연인과도 같으니까요.

자신이 하는 일을
즐겁게 한다는 것은

주방 전등이 고장 나 전체를 갈아야 해서 관리소에 전화했더니 잠시 후 어떤 젊은이가 왔습니다. 서른이 채 되었을까, 지금껏 그처럼 젊은 아파트 관리소 직원을 본 적이 없어 관리직원이냐고 물었습니다.

"네, 새로 근무한 지 일주일 됐습니다."

그는 밝게 미소 지으며 말했습니다. 그의 말을 듣고 참 대견하다는 생각이 들었습니다. 그는 고장 난 등을 떼어내고 새 등으로 교체했습니다. 그의 손놀림은 매우 경쾌하고 정성스러웠습니다. 아주 세심하고 꼼꼼해 믿음이 갔습니다. 그는 작업을 끝내고 뒷

정리도 깔끔하게 했습니다. 나는 향긋한 차가 담긴 찻잔을 건네며 말했습니다.

"내가 그동안 본 직원 중에 가장 젊은 것 같은데 일하면서 어려움이 많지요?"

"어려운 건 없습니다. 제가 좋아서 하는 일이니까요."

그는 자신이 좋아서 하는 일이라며 웃었습니다. 다른 일도 아니고 젊은이가 아파트 관리소 일을 한다는 건 쉽지 않은 일이니까요. 때로는 아파트 입주민들의 비위를 맞출 줄도 알아야 하고, 까다로운 입주민의 요구도 지혜롭게 넘길 수 있어야 하기 때문입니다. 그런데 어려움 없이 즐겁게 일한다고 말하니 그가 더 기특했습니다. 자신의 일을 그처럼 긍정적으로 할 수 있다는 자체만으로도 그는 매우 믿음직했습니다. 그리고 '이런 젊은이만 있다면 우리 사회의 미래가 얼마나 밝을까' 하는 생각에 마음이 흐뭇했습니다.

그가 다녀간 후 일이 있으면 꼭 그 직원을 찾았습니다. 그는 무슨 일을 하더라도 늘 최선을 다했습니다. 그래서인지 그가 손을 본 것은 아무 문제가 없었습니다. 하찮은 일을 하는 것을 마뜩찮게 생각하는 젊은이들이 많은 걸 보면, 그가 얼마나 속이 꽉 찬지를 잘 알 수 있어 볼수록 더 대견하고 기특하기만 합니다. 남들이 하찮게 여기는 일도 책임감을 갖고 즐겁게 하면 귀한 일처럼 여겨지고, 아무리 중요한 일이라도 마지못해 하면 하찮은 일처럼 여겨지는 법입니다.

　그렇습니다. 자신의 일을 즐겁게 한다는 것은 곧 자신을 사랑하는 일이자 귀하게 여기는 것과 같습니다. 그래서 그런 사람은 남들로부터 깊은 믿음과 신뢰를 받게 되지요. 참으로 오랜만에 속이 꽉 찬 젊은이를 만나 그를 볼 때마다 마치 무더운 여름날 시원하게 내리는 꿀 비와 같은 기분이 들곤 합니다.

행복한 결혼식

어느 날 우연히 텔레비전 채널을 돌리다 '셀프 결혼식'이라는 제목의 프로그램을 보게 되었습니다. 결혼을 앞둔 두 남녀가 결혼 비용을 절감하기 위해 웨딩 업체를 이용하지 않고 직접 사진을 찍고, 신혼 여행지를 인터넷으로 검색하여 직접 예약하고, 살 집도 사람을 쓰지 않고 틈틈이 직접 꾸미는 모습이 아주 신선하게 다가왔습니다.

요즘 결혼 평균 비용이 남자는 1억 5천만 원이 넘고, 여자는 1억 원이라는데, 그들은 부모에게 의지하지 않고 둘만의 힘으로 결혼하기 위해 최대한 돈이 들지 않게 하려는 것이었습니다. 그들의 생각이 참 대견스럽고 행동 하나하나가 예뻤습니다. 부모가 재산이 넉넉해 자녀들이 결혼하는 데 전셋집을 얻어주거나 집을 장만해 줄 수 있다면 얼마나 좋을까요. 그런데 현실은 그렇지 않은 부모들이 훨씬 많습니다. 그러다 보니 부모 노릇을 잘 못하는 것 같아 편치 않은 마음으로 살아갑니다.

결혼은 두 남녀가 서로 사랑함으로써 자신들만의 세계를 만들어가는 일입니다. 그런데 지나친 결혼 비용으로 인해 마음이 불편하다면 그것은 결코 좋은 결혼이 아닙니다. 진정으로 행복한 결혼은 물질에 있는 것이 아니라 서로에 대한 믿음과 사랑에 있는 것이니까요.

드뷔시의
달빛을 듣다

　오랜만에 아들과 만나 삼청동에서 저녁을 먹고 골목길 언덕 위에 있는 어느 분위기 좋은 카페로 들어갔습니다. 카페는 2층으로 되어 있었는데 아들과 나는 2층으로 갔습니다. 그곳에는 아무도 없고 피아노가 가지런히 놓여 있었습니다. 커피를 시켜 마시고 난 뒤 아들이 피아노 앞으로 가더니 연주를 하기 시작했습니다. 인상주의 음악의 창시자로 불리는 프랑스 작곡가 클로드 드뷔시의 '달빛Clair de lune'이었습니다. 이는 피아노곡집 '베르거마스크' 모음곡 중 제3곡으로 물결 위에 은은히 달빛이 비치는 고혹적인 밤을 연상케 합니다. 서정성이 탁월하다 보니 드라마와 영화에 자주 등장하는데, 특히 영화 '트와일라잇Twilight'에서 주인공인 로버트 패틴

슨과 크리스틴 스튜어트의 사랑은 감미로운 '달빛' 선율로 관객들
의 가슴을 설레게 하기에 부족함이 없었습니다.

'음악은 선율로 쓴 시'라고도 할 수 있는데 '달빛'은 깔끔하고 담
백한 한 편의 고혹적인 서정시라고 할 만큼 매혹적인 곡입니다.
그 곡을 아들이 직접 연주하니 느낌이 생생하게 다가왔습니다. 모
든 예술이 대개 돈이 되어 주지는 않지만, 예술이 주는 가치로 인
해 정신과 마음을 한껏 끌어올릴 수 있어 예술은 영혼을 울리는
소리임에 틀림이 없다는 생각이 듭니다. 아들의 피아노 연주를 듣
고 카페 아래층에서 사람들이 연신 올라와서는 살며시 문을 열고
들여다보다가 내려가길 반복했습니다. 모든 악기가 다 그러하듯
특히 피아노는 생생하게 라이브로 들어야 깊이를 더욱 느낄 수 있
지요.

아들은 2곡을 더 친 뒤 피아노 연주를 마쳤습니다. 토요일 저녁,

아들의 연주는 카페에 있는 사람들의 마음을 들뜨게 했습니다. 내 마음 또한 한껏 고조되었습니다. 피아노를 전공한 아들이 대견하고 자랑스러웠습니다. 밖으로 나오는데 '잘 가라'는 카페 여직원들의 인사가 날아갈 듯 경쾌했습니다. 마침 가랑비가 내리고 있었습니다. 가랑비가 내려서인지 밤공기가 시원하면서도 촉촉하게 다가왔습니다. 아들이 받쳐준 우산을 쓰고 걷는 삼청동 밤길은 바흐의 무반주 첼로 선율처럼 군더더기 없는 깔끔한 한 곡의 음악이었습니다.

달콤한 선물

잠실에 있는 한 백화점의 초청으로 문학 강연을 했습니다. 강연을 하는 나도 강연을 듣는 다양한 연령층의 독자들도 모두가 활짝 핀 꽃이었습니다. 특히 시를 낭송할 땐 그 분위기가 한껏 고조되었습니다. 독자들은 시 낭송이 끝날 때마다 우레와 같은 박수로 화답해주었습니다. 시집이 팔리지 않는 시대이다 보니 독자들의 열띤 반응은 나를 놀라게 했습니다. 전혀 시를 읽지 않을 것 같은데 그렇지 않았습니다. 그들의 가슴속에는 푸른 서정이 맑은 시냇물처럼 흐르고 있었던 것입니다. 나는 그들을 보면서 독자들이 시를 접할 기회를 많이 갖도록 해야겠다고 생각했습니다.

강연을 마치고 나서 작가 사인회를 하는데 어떤 여성 독자분이 내 손을 꼭 잡더니 오늘 강연 참 좋았다며 무언가를 쥐어주었습니다. 사탕이었습니다. 나는 고맙다고 말하며 활짝 웃었습니다. 비록 세 개의 사탕이었지만 고마운 마음을 담아 건네준 선물이었으니까요.

나는 집으로 오는 차에서 사탕 한 개를 꺼내 입에 물었습니다. 입 안 가득 퍼지는 사탕의 향기가 마음을 따뜻하게 했습니다. 가끔은 문화강좌나 체험을 통해 메마른 마음을 서정의 단비로 촉촉이 적셔보세요. 마음 깊은 곳으로부터 샘솟는 참기쁨을 맛보게 될 것입니다.

즐거움이
주는 의미

어떤 상황에서도
즐거움을 잃지 않는다면,
즐거움으로써
모든 것을 가능하게 할 수 있습니다.

나도 가끔은
주목받는
인생이고 싶다

　사람은 누구나 사람들로부터 주목받고 싶어 합니다. 이는 인간의 가장 보편적인 심성이므로 탓할 수는 없습니다. 이것은 매우 자연스러운 현상이니까요. 그런데 주목받기 위해서는 사람들로부터 인정을 받아야 합니다. 인정받기 위해서는 많은 노력이 따라야 합니다. 가만히 있는데 저절로 잘되는 일은 없으니까요.

　나 또한 마찬가지입니다. 나도 많은 사람에게 주목받고 싶을 때가 종종 있습니다. 그럴 때마다 나 자신을 질책하곤 합니다. 무엇 하나 뛰어나게 잘하는 것도 없으면서 그런 마음을 품는다는 것이 속물 같다고 느껴지기 때문입니다. 그런데도 나는 이런 생각을 마음으로부터 지울 수가 없습니다. 그러고 보면 나 역시 평범한 사람에 불과하다는 걸 깨닫습니다.

그러나 나는 한 번뿐인 인생을 있는 듯 없는 듯 보내고 싶지 않습니다. 어떻게든 주목받는 인생이 되어 나를 남기고 싶습니다. 나는 작가로서 지금껏 150여 권의 책을 냈지만, 아직도 나는 만족하지 못합니다. 이들 책 중엔 좋은 책으로 선정된 것도 있고, 독자들로부터 사랑받는 책도 있고, 언론에서 관심을 두고 다뤄준 책도 있지만 나 자신이 대표작이라고 스스로 내세울 만한 작품이 아직까진 없다고 생각하기 때문이지요. 이런 내 마음을 잘 아는 사람들은 너무 겸양해 한다고 말하지만, 절대 겸양이 아닙니다.

나는 스스로 많이 부족하다고 여깁니다. 그런 까닭에 내가 만족하지 못하는 것이지요. 나는 지금보다 더 많이 읽고, 더 많이 보고, 더 많이 생각하고, 더 많이 느끼고, 더 많이 써야 한다고 스스로 말하곤 합니다. 내 작품에 만족할 때까지 열심히 노력하다 보면 스스로 인정하는 작품이 반드시 나오리라 믿으며 오늘도 작가의 길을 걸어갑니다. 스스로가 나를 인정하는 것, 그것이 곧 내게는 주목받는 인생이니까요.

산다는 것은

　넥타이를 매다 보면 어느 날은 한 번에 매지는가 하면 또 다른 날은 여러 번을 반복한 끝에 매게 됩니다. 넥타이를 매다 보면 넥타이를 매는 부분이 어긋나게 되는데, 조금만 어긋나도 비율이 맞지 않아 한쪽이 더 길거나 짧아 다시 매야 하기 때문이지요. 이런 일이 흔하게 있는 것은 아니지만 가끔 가다 일어나곤 합니다. 그런데 그런 일이 있고 나면 '내가 비정상인가? 어떻게 매번 하는 일을 틀리게 할 수 있지?'라는 생각에 씁쓸한 마음이 들곤 합니다. 그러면서 산다는 것은, 살아간다는 것은 넥타이를 매는 것과 같다는 생각을 합니다. 살다 보면 매일 하는 일도 가끔은 잊거나 실수를 할 때가 있으니까요.

그렇습니다. 산다는 것은 가끔 잊기도 하고 실수도 하는 것이지
요. 혹여 남편과 아내, 직장 동료와 후배 직원, 친구 등 자신의 주
변 사람에게 그런 일이 있을 땐 아무렇지도 않게 넘겨주어야겠습
니다. 자신 또한 그런 경우가 있을 수도 있을 테니까요.

　산다는 것은, 살아간다는 것은 가끔은 망각하기도 하고 실수를
하기도 하지요. 그러는 가운데 삶은 더욱 성숙해지고 탄탄해지는
것이니까요.

자신의 행복을
놓치고 싶지 않다면 주저 마십시오.

인생은 단 한 번뿐입니다.

이 소중한 인생을 알차고 행복하게 보내는
당신이 되길 바랍니다.

자유에 대한
감사

내가 사는 아파트 옆 골목길 끝집엔 일 년, 열두 달, 삼백 예순
닷새를 꼬박 줄에 매여 있는 개가 있습니다. 개가 움직일 수 있는
거리는 불과 2미터 남짓입니다. 그 개에게는 사방 2미터가 자유
롭게 움직일 수 있는 자유의 거리지요. 개가 사납지도 않고 크지
도 않습니다. 중형견인 진돗개보다도 한참이나 작은 개랍니다. 그
집 앞을 지날 때마다 개를 보면 매우 슬퍼한다는 것을 느낄 수 있
습니다. 그 개의 눈을 보면 언제나 슬픔이 빗물처럼 고여 있기 때
문이지요. 마치 "나 너무 답답하니 좀 풀어주세요"라고 말하는 것
같습니다. 그러나 남의 개니 풀어줄 수도 없고, 풀어달라고도 할
수 없어 그 개를 볼 때마다 마음이 아픕니다. '얼마나 자유롭게 뛰

어 놀고 싶을까' 하고 생각하니 자유가 주는 행복이 얼마나 소중한 것인지를 다시금 깨닫곤 합니다.

자유를 지녔다는 것은 참 행복한 일이지요. 그런데 사람들 중엔 그 자유를 엉뚱한 곳에 쓰다 철창행 신세가 되기도 합니다. 자유가 넘치면 방종이 된다는 말은 그래서 더 교훈적으로 다가오지요. 자신에게 주어진 자유를 맘껏 즐기되 언제나 최선의 삶을 지향해야 합니다. 그것이 자유에 대한 감사이자 마땅한 의무이기 때문입니다.

한 권의 시집과
한 잔의 커피
그리고 음악

나는 한 권의 시집과 한 잔의 커피 그리고 음악만 있으면 마음 깊은 곳으로부터 행복이 몽실몽실 피어오릅니다. 시집을 펼쳐 한 편의 시를 읽어가면서 마시는 한 모금의 커피는 꿀보다 더 달지요. 그리고 내가 좋아하는 음악을 들으며 시를 읽으면 내 마음속에서는 장엄한 오케스트라의 선율이 들립니다. 특히 햇살 좋은 날 햇살이 거실을 가득 채우고, 실바람이 나래를 펼치듯 살랑살랑 부는 날엔 무한한 행복에 빠지기도 하지요. 시는 내 영혼의 깊은 울림이자 노래이며, 한잔 커피는 목마름을 촉촉이 적셔주는 달콤함의 향기며, 음악은 내 마음을 평안히 하는 아련한 선율의 떨림입니다.

'내게 시가 없다면 내 인생은 어땠을까' 하고 가끔 생각해보면, 생각하는 그 자체만으로도 숨이 막힙니다. '내게 한잔의 커피가 없었다면 어떠했을까' 생각하면, 생각만으로도 목이 마릅니다. 그리고 '내게 음악이 없었다면 어땠을까' 생각하면, 생각하는 그 자체만으로도 무료해진답니다. 한 권의 시집과 한 잔의 커피 그리고 음악이 있다는 것은 내게 참으로 다행스러운 일이며 축복과도 같습니다.

나는 오늘도 한 권의 시집을 펼쳐들고 커피를 마시며 바흐의 무반주 첼로를 듣습니다. 남들이 보기에는 너무나 보잘것없는 일상이겠지만, 내게는 무한한 즐거움이며 행복한 일입니다. 사람은 저마다 자신이 좋아하는 것이 있습니다. 자신이 좋아하는 것으로 자신만의 즐거움과 행복을 느껴보세요. 그 행복함을 진정으로 느끼게 될 때 행복의 진정한 가치를 느끼게 될 겁니다.

그렇습니다. 진정한 행복은 욕심 없는 마음에서 더욱 커지는 것이랍니다.

5월 토요일 오후, 명동에 가다

5월 어느 토요일 오후 명동에 갔습니다. 지하철 명동역 출구를 나오는데 인산인해를 이뤘습니다. 대부분 중국인들이었습니다. 일본인이나 서양인들도 있었지만, 중국인들에 비하면 조족지혈鳥足之血에 불과했지요. 명동이 마치 중국 도시의 한 귀퉁이처럼 여겨졌습니다. 중국인들은 명동을 여러 차례 다녀간 것처럼 익숙한 모습으로 삼삼오오 짝을 지어 이 골목 저 골목을 헤집고 다녔습니다. 도리어 내가 낯설게 느껴졌습니다.

명동 길을 걷는데 중국인들을 불러 모으기 위해 여기저기서 중국말이 들려왔습니다. 세계화의 물결은 나라와 나라 사이의 거리를 한 뼘으로 줄여놓았다는 걸 온몸으로 실감할 수 있었습니다.

한류의 열풍이 몰고 온 색다른 현상이 어제오늘 일이 아니건만, 내게는 참으로 이색적인 풍경으로 다가왔습니다. 우리나라를 좋아하는 중국인들이 많다는 걸 체감할 수 있었기 때문이지요. 나는 세계 속에 한국을 느끼면서 한편으로는, 이럴 때일수록 더욱 자부심을 느끼고 선진문화 시민으로서의 자긍심을 잃어서는 안 된다고 생각했습니다. 내 나라가 좋아서 찾아온 외국인들에게 바가지를 씌운다거나, 함부로 무시한다거나, 불친절하게 군다면 그것은 우리에겐 치명타가 되어 돌아올 수도 있기 때문이지요. 가끔 외국인 관광객에게 비신사적인 행동을 하고, 바가지를 씌운다는 뉴스를 접하면 낯부끄럽고 분노가 일어납니다. 그것은 내 나라를 욕되게 하는 것임을 망각한 매국 행위와 같기 때문입니다.

오후의 명동 길은 떠들썩한 잔칫집처럼 분주하고 활기가 넘쳐 흘렀습니다. 이런 현상은 이태원을 가도 그렇고, 동대문 상가를 가도 그렇고, 홍대를 가도 그렇고, 인사동을 가도 그렇고, 삼청동을 가도 그렇고, 남산을 가도 그렇고, 강남을 가도 그렇습니다. 내 나라를 찾아온 외국인들을 극진히 대해야 합니다. 그것은 곧 우리나라를 위하는 일이고, 결국에는 나를 위하는 일이니까요.

나는 시인인
내가 참 좋습니다

어느 날 어떤 여성으로부터 한 통의 메일을 받았습니다. 그녀는
그동안 쓴 시를 모아 시집을 내고 싶은데 출판사를 정하는 것이
힘들다며 나에게 도움을 요청했습니다. 그녀는 내 독자라고 했습
니다. 이름을 보니 예전에 두어 번 메일을 받은 기억이 났습니다.
그녀의 간절한 마음이 느껴졌습니다. 나는 원고 마감 날짜를 지키
기 위해 마무리 작업에 한창이었지요. 원고를 탈고하고 나서 메일
을 보낼까 하다가 어떤 답변이 올까 막연히 기다리고 있을 그녀를
생각하니 한시라도 빨리 결정을 해서 답변을 해주어야만 할 것 같
았습니다. 하지만 결정한다는 게 쉽지 않았습니다. 시집을 낸다는
것은 간단한 것 같지만 잔신경이 많이 가니까요. 시어 하나, 문장

부호 하나에도 함부로 손을 대서는 안 되기 때문이지요. 출판사 편집자들도 이를 잘 알기 때문에 내가 일일이 검토를 하는 수고를 들여야 합니다. 그런데도 나는 도움이 되어주겠다고 답장 메일을 보냈습니다. 그녀의 꿈을 이루게 도와주고 싶었지요. 그녀는 너무 감사하다는 답장을 보내왔습니다. 나는 출판사에 시집 출판에 대해 의뢰를 했고, 긍정적인 답을 얻었습니다. 그리고 즉시 결과에 대해 그녀에게 메일을 보냈지요. 그녀는 뛸 듯이 기쁘다며 메일을 보냈습니다. 나 또한 마음이 흡족했습니다. 그리고 누군가의 간절한 꿈이 이루어지도록 도와줄 수 있었다는 것에 대해 감사했지요.

　나는 종종 독자들로부터 메일을 받습니다. 시집을 감명 깊게 읽어 감사하다는 독자들, 자신의 미래에 대해 조언을 해달라는 독자들, 시련과 좌절로 깊은 시름에 잠긴 독자들, "선생님, 답장 메일 안 해주면 미워할 거예요"라며 은근한 압력을 넣는 독자들, 생각하는 것만으로도 깜찍하고 귀여운 어린이 독자들 등 독자들의 계층도 아주 다양합니다. 시, 소설, 에세이, 동시, 동화, 교양서, 자기계발서 등 다양한 글을 쓰다 보니 독자들의 계층이 다양한 것 또한 감사해야 할 일이지요.

　나는 메일을 받을 때마다 상황에 맞게 내 마음을 담아 메일을 보냅니다. 그러면 어떤 독자들은 생각지도 않았는데 너무 기쁘다면서 감사의 메일을 보내옵니다. 그러면 나는 한 번 더 메일을 보내주고는 메일 말미에 내가 글을 쓰고, 강의하는 관계로 계속 답장 메일을 보내기 힘드니 양해해달라고 하면 고맙게도 이런 내 마음을 이해해 줍니다.

나는 시인으로서, 작가로서 살아가는
나 자신에게 감사하고 참 행복합니다.
나는 나의 생이 다하는 날까지
이토록 행복하고 소중한 글쓰기를 통해
누군가에게 꿈을 주고, 용기와 희망을 주는 데
최선을 다해야겠다고
다시 한 번 나 자신에게 다짐해 봅니다.

사람다운 사람

　내가 사는 아파트 옆 동네에 털북숭이 개가 삽니다. 잘 먹어서 털이 반들반들 윤기가 흐르고, 체격도 탄탄한 것이 듬직하게 생겼지요. 그런데 이 개가 하는 행동은 듬직한 생김새와는 정반대입니다. 산책하거나 볼일을 보러 갈 때면 털북숭이가 사는 집을 지나치게 됩니다. 그러다 보니 털북숭이와 마주치곤 하는데, 어찌나 반가워하는지 마치 내가 제 주인이라도 되는 양 싶습니다. 털북숭이는 나를 보는 순간 저만치 있다가도 쏜살같이 달려와서는 통통하게 살이 오른 엉덩이를 씰룩쌜룩거리며 꼬리를 흔들어댑니다. 그러고는 두 발을 앞으로 쭉 내밀며 고개를 숙이고는 제 머리를 쓰다듬어 달라는 듯 아양을 부립니다. 그 모습이 큰 덩치와는 어울리지 않아 웃음을 자아내지요. 간식거리 하나 준 적이 없는데, 뭐가 그리 좋고 반갑다 하는지 어떨 땐 미안한 생각마저 듭니다. 사교성이 좋고, 성격이 매우 밝고 쾌활한 개입니다. 아무 조건 없이 나를 보고 반가움을 표하는 털북숭이를 보면, 나 또한 반가운 마음에 "털북숭이, 안녕!"이라고 말을 건넵니다. 그러면 털북숭이의 애교는 한층 더 빛을 발합니다.

'개만도 못한 사람'이라는 말이 있습니다. 사람답지 않은 말과 행동을 하는 사람을 일러 하는 말이지요. 사람답게 사는 사람이 되어야 합니다. 그것은 자신을 부끄럽지 않게 하는 일이며, 사람으로 태어난 것에 대해 마땅히 해야 할 도리이지요. 개만도 못한 사람이 되느냐, 사람다운 사람이 되느냐는 오직 자신에게 달려 있다는 것을 잊지 말아야 할 것입니다.

환영받는 사람이
된다는 것

　가끔 아우가 사는 인천 청라에 가면 드넓은 대지 위에 높이 솟은 초고층 아파트와 빌딩 숲을 보게 되는데, 마치 외국의 도시에 와 있는 듯한 착각이 들 때가 있습니다. 불과 10여 년 전만 해도 생각지도 못한 풍광이었는데, 격세지감隔世之感을 느끼곤 합니다. 그러나 내 마음을 가장 강하게 끌어당기는 것은 청라의 중심에 조성된 드넓은 호수의 경치입니다. 호수는 아우가 사는 아파트 바로 앞에 있어 위에서 내려다보면 잔잔한 것이 마치 푸른 물감을 색칠한 거대한 단순 구도의 수채화처럼 보입니다. 피카소의 '아비뇽의 처녀들'이나 빈센트 반 고흐의 '별이 빛나는 밤'과 같이 단순한 구도의 그림이 더 멋스럽고 강렬한 인상을 주듯 청라 호수 또한 그러합니다. 그리고 호수 중간에 가로놓여 있는 멋진 다리와 때맞춰 물줄기가 솟아오를 때의 모습은 탄성이 날 만큼 낭만적입니다. 특히 밤에 보는 호수의 풍광은 가히 으뜸이지요. 갖가지 색이 바뀔 때마다 호수는 다른 얼굴을 합니다. 마치 팔색조 같다고나 할까요.

이른 아침에 바라보는 호수의 경치는 또 다른 모습을 하고 있습니다. 마치 단잠에서 깨어난 여인의 수줍은 얼굴을 보는 듯합니다. 고요하고 맑고 은은합니다. 그 아름다운 호수 주변으로 자전거 도로와 산책로가 있어 자전거를 타는 사람들, 조깅을 하는 사람들로 호수는 이른 아침부터 들뜨기 시작합니다. 같은 호수인데도 낮에 볼 때, 밤에 볼 때, 이른 아침에 볼 때 다 다르게 다가온다는 것은 그만큼 호수의 풍광이 아름답다는 것을 의미합니다.

호수가 시간의 흐름에 따라 그 느낌이 다르게 가슴에 와 닿듯 상황에 따라 자신을 그 상황에 맞출 수 있다면 그런 사람은 어디를 가든 환영받는 사람이 될 것입니다. 물론 그런 사람이 된다는 것은 쉽지 않습니다. 그러나 가치 있는 인생을 살고 싶다면 그렇게 해야 합니다. 그것이야말로 자신에게도 타인에게도 유익한 인생으로 존재할 수 있는 최선의 길이니까요.

사람꽃 향기
그윽한 날

　5월 햇살이 유난히 눈부신 날 아들과 같이 인사동을 거쳐 삼청동 골목길을 순례했습니다. 그날은 토요일이라서 사람들의 행렬이 그 어느 때보다도 빼곡하게 이어져, 마치 강물이 유유히 흐르는 듯했습니다. 사람들은 저마다 환한 꽃이었습니다. 생기를 머금고 환하게 웃고 있는 사람꽃은 그 어느 꽃보다도 아름답고 향기로웠습니다. 여기저기서 들려오는 음악 소리와 사람들의 소리가 뒤섞여 시골 장날 같은 풍경을 떠올리게 했습니다.

　나도 아들도 한 송이 사람꽃이 되어, 아이스크림을 먹으며 인사동 골목길을 천천히 걸었습니다. 그냥 사람꽃 속에 파묻혀 걷는 것만으로도 좋았습니다. 사람꽃 향기에 취해 걷다 보니 골목 끝에 이르렀습니다. 아들과 나는 길을 건너 삼청동 골목길로 접어들었습니다. 삼청동 골목길 또한 사람꽃으로 가득했습니다. 인사동 골목길이 과거 지향적이라면, 삼청동 골목길은 현대와 과거가 적절하게 혼합된 길이라고 할 수 있습니다. 골목길 양옆으로 길게 늘어선 갖가지 가게들이 스페인이나 이탈리아의 골목을 옮겨놓은 듯해 한껏 운치를 더해주었습니다. 꽃들이 피는 장소에 따라 그 느낌을 달리하듯 인사동과 삼청동 골목길 또한 그 느낌이 확연히 달랐습니다. 사람꽃 역시 마찬가지였습니다.

그날 사람꽃이 가장 아름다운 꽃이라는 걸 확연하게 느낄 수 있었습니다. 그런데 이처럼 아름답고 향기로운 사람꽃이 악취를 풍기는 일이 종종 일어난다는 것은 수치스러운 일이 아닐 수 없습니다. 사람꽃답게 자신을 향기롭게 하고, 맑고 아름답게 가꾸는 미덕을 지녀야 합니다. 사람꽃은 그럴 만한 가치가 충분히 있는 꽃이니까요.

나는
오늘
행복하다

내가 오늘 행복한 것은
내 생일 때마다 십수 년 한결같이
생일상을 차려 주는 제자들의 지극 정성이
나를 감동의 숲으로 이끌었기 때문입니다.

오늘 내 생일도 예외 없이
제자들의 변함없는 사랑의 밥상으로
넘치도록 충만하고 기쁘고 행복합니다.

스승의 도가 땅에 떨어지고
배움의 가치가 길가에 나뒹구는
찌그러진 깡통처럼 참혹한 이 시대에
못난 스승을 이리도 생각해 주는
제자들이 있다는 건 참 감사한 일입니다.

일찍이 공자는 재주 있는 젊은이들을 모아
가르치는 것을 군자삼락君子三樂의 하나로 삼고
삼천 명의 제자를 두었음에
나는 그에 비하면 조족지혈에 불과하지만,

못난 스승도 스승이라고
각별히 받드는 심성 고운 제자들이 있으니
나는 공자가 조금도 부럽지 않습니다.

'오늘만큼은 내가 공자보다 한 수 위'라는
긍지를 갖도록 행복을 선물한 제자들이 있어
가난한 내 인생도 참 고맙고 감사합니다.

우리가 모두
함께 사는 길

설날 연휴 때 용산에 있는 국립박물관에 갔습니다. 관람을 마치고 커피숍으로 가던 중 유모차에 잠들어 있는 아기 옆에서 한창 스마트폰에 집중하고 있는 아기 엄마를 보았습니다. 아기는 새근새근 잘도 잤습니다. 아기 엄마는 문자를 주고받는지 미소를 띤 채 부지런히 손가락을 움직였습니다. 그 모습이 잠시 낯설게 다가왔지만, 첨단시대를 살아가는 아기 엄마의 정형이 아닐까 하는 생각에 피식 웃고 말았습니다.

'유모차와 스마트폰'은 잘 안 맞는 조합처럼 보일지도 모릅니다. 하지만 유모차와 스마트폰은 함께 어울릴 수밖에 없습니다. 그것이 현대사회의 속성이며 지향할 수밖에 없는 현실이니까요.

지금 우리 사회는 보수와 진보가 날카롭게 대립의 각을 세우고 있습니다. 사사건건 부딪치고, 양보는 고사하고 절충 또한 없을 만큼 심각합니다. 민주주의라고 외치지만 무늬만 민주주의처럼 보일 때가 많아 자못 염려스럽습니다. 받아들일 것은 받아들이고, 양보할 것은 양보하고, 절충할 것은 절충해야 합니다. 그 어떤 문제도 같은 관점으로 바라본다면 해답은 나오게 되어 있으니까요. 왜냐하면 그것이 내가 살고, 네가 살고 또한 우리가 모두 함께 사는 길이기 때문입니다.

어느
노숙자의 비애

청량리역 대합실에서 슬픈 광경을 목격했습니다. 초여름 5월의
날씨와는 전혀 어울리지 않는, 두툼한 겨울옷을 입은 덥수룩한 노
숙자가 컵라면을 먹다 떨어뜨려 쏟았는지 엎드려서는 혓바닥으
로 국물을 핥아 먹고 있었습니다. 많은 사람이 있건만 전혀 의식
하지 않았습니다. 배고픔은 사람의 이성을 마비시키는 걸까요?
노숙자 또한 의식을 가진 사람입니다. 그런데 그가 보인 행동은
전혀 의식이 없는 행동이었던 것이지요. 남루하고 비참한 그의 모
습을 보며 비애감이 들었습니다. 같은 사람으로서 그가 보인 행동
이 너무도 슬펐으니까요.

일인당 국민소득이 3만 달러라는 우리나라입니다. 수치로는 선

진국 진입이 코앞인 건 사실이지만, 대다수의 국민에겐 피부에 와 닿지 않습니다. 그것은 골고루 돌아가야 할 소득이 가진 자들에게 만 쏠리기 때문이지요. 가진 자는 더 부자가 되고, 가난한 자는 더 가난한 자가 되는 이상한 나라, 이것이 바로 우리나라의 현재 모습입니다.

　모두가 잘사는 나라는 요원한 것일까요? 잘사는 사람만이 더 잘사는 우리나라의 경제구조에서는 요원할 수밖에 없습니다. 지금도 대합실 바닥에 엎드려 라면 국물을 핥고 있던 그 노숙자의 비애가 나를 슬프게 합니다.

분명한 진실

지하철 6호선을 타고 녹사평역을 지나는데 60대 초반쯤 되는 남자가 불편한 몸으로 칫솔을 팔았습니다. 그 남자는 지나가면서 자리에 앉아 있는 사람들 무릎 위에도 내 무릎 위에도 칫솔을 올려놓았습니다.

저쪽 끝에서 이쪽 끝으로 온 남자는 이번엔 반대로 지나가면서 칫솔을 사는 사람에겐 돈을 받고, 사지 않는 사람의 칫솔은 다시 거둬들였습니다. 사는 사람은 가뭄에 콩 나듯 있을 뿐입니다. 남자가 내 앞으로 올 때 나는 돈 2천 원과 칫솔을 그에게 주었습니다. 그러자 그는 돈만 받고 칫솔은 내 손에 쥐어주고는 인사를 하며 갔습니다. 그 순간 나는 내가 잘못했다는 생각에 주변 사람들

보기에 부끄러웠습니다. 내 딴엔 칫솔을 샀다 생각하고 칫솔을 돌려주었는데 그 남자는 그렇게 생각하지 않았던 것입니다. 자신은 정당하게 칫솔을 팔았다고 생각한 것이지요. 나는 칫솔이 필요치 않아서 그냥 준 것뿐이었는데, 내 생각이 짧았다고 생각하니 그에게 너무 미안했습니다. 불편한 몸으로 지하철 경찰과 단속 직원의 눈치를 살피면서 칫솔을 파느라 얼마나 힘들고 고달플까 생각하니 산다는 것은 축복이 아니라 고행이라는 생각이 들었습니다.

그러나 분명한 것은 산다는 것은 축복이며 행복입니다. 날마다 푸른 하늘을 바라보고, 좋아하는 사람들을 만나고, 일할 수 있는 직장이 있고, 사랑하는 사람과 살 수 있다는 건 살아 있으므로 할 수 있지요. 산다는 것은 참 고맙고 감사한 일입니다. 지금 일이 잘 안 풀린다고 너무 속상해하지 말고 상처받지 말아야 합니다. 잘될 때도 있고, 잘 안될 때도 있는 게 인생이니까요. 포기하지 않는 한 반드시 자신이 원하는 것을 하게 될 것입니다. 그것이 삶이 우리에게 베풀어 준 행복이며 축복이니까요.

산책 유감

내가 사는 아파트 주변엔 산이라기보다는 언덕이라는 표현이 더 잘 어울리는 무늬만 산 모양인 동산이 있습니다. 그래도 제법 나무는 많은 편이라 여러 종류의 새들이 둥지를 틀고 수시로 노래를 불러댑니다. 또한 갖가지 풀꽃들이 피어 있고, 여기저기 텃밭에는 다양한 채소가 자라는 등 산책을 하기에 딱 좋은 조건을 갖추고 있습니다.

나는 주로 밤 10시쯤 산책을 합니다. 아파트에서 나와 골목길을 따라 걷다 보면 길옆을 따라 나지막한 산이 길게 이어져 있어 마치 시골길을 걷는 듯한 느낌이 들곤 합니다. 산에는 갖가지 풀꽃이 줄지어 피어 있고, 향긋한 풀 내음이 코끝을 스칠 때마다 머리가 환하게 맑아옵니다. 아파트를 곁에 두고 있는데도 나무와 풀들이 있다는 이유만으로 그 느낌의 차이는 실로 큽니다. 그 맑고 환한 청량감이 나는 참 좋습니다. 그렇게 한 시간가량을 천천히 걷는 것만으로도 온몸에 새로운 세포가 돋듯 활력이 솟곤 합니다.

그러던 어느 날이었습니다. 그날도 여느 때와 다름없이 산책을 나섰습니다. 아파트에서 나와 500여 미터쯤 걷다 더는 산책을 할 수 없었습니다. 미세먼지가 얼마나 심한지 코가 맹맹하고 입안이 텁텁한 게 많이 답답함을 느꼈습니다. 아파트를 빠져나올 때만 해도 잘 몰랐는데 참 놀라운 일이었습니다. 많은 아쉬움이 들었지만 발길을 돌릴 수밖에 없었습니다. 나는 집으로 들어오자마자 이를 닦고 샤워를 했습니다. 눈에 잘 보이지 않는 미세먼지가 그렇게 나쁘다는 것을 그 잠깐 사이에 알아버린 것입니다. 그날 이후 때때로 산책을 나섰지만 예전 같지 않은 밤공기로 인해 산책을 하기가 꺼려졌습니다. 사색도 하면서 건강한 몸을 보존하기 위한 산책을 할 수 없다는 것은 내겐 여간 아쉬운 일이 아닙니다.

인간은 물질문명의 발달로 생활의 편리함과 물질의 풍족함을 얻었지만, 그로 인해 맑은 공기와 깨끗한 물을 잃었습니다. 물론 공기를 정화하는 공기청정기와 정수기가 있지만, 인위를 가하지 않은 자연 그대로의 원초적 순수를 뛰어넘을 수는 없습니다. 비록 가난했지만 맑은 공기와 맑은 물을 맘껏 들이켜고 마시던 때가 그리워집니다. 자연은 자연 그대로일 때가 가장 자연스러운 법이니까요.

작은 우주에 감사

햇살 눈부시게 맑은 날 영주 부석사를 가다 보면 사과 과수원이
양쪽으로 끝도 없이 펼쳐져 있습니다. 사과나무마다에는 혈보다
붉은 사과가 주렁주렁 매달려 붉은 가을 햇살을 받아 초롱초롱 빛
납니다. 마치 작은 꽃등으로 마을 전체가 장식된 듯한 모습은 황
홀경 그 자체이지요. 그래서일까, 영주 사과는 빛깔이 더 붉고 윤
기가 나는 것 같습니다. 마치 사과가 작은 우주 같습니다. 사과 과
수원은 우주의 집합체 같다고 해야 할까, 아무튼 그 생생한 기억
은 사과를 볼 때마다 영상이 되어 떠오른답니다. 사과가 우주를
닮은 건 사과 한 알에는 햇살도 담겨 있고, 하늘 빗물도 담겨 있
고, 맑은 공기도 담겨 있고, 기름진 땅의 기운도 담겨 있고, 푸른

바람도 담겨 있고, 사과를 바라보는 사람들의 고운 눈길도 담겨 있고, 달님이 내뿜는 고운 달빛도 담겨 있고, 새벽마다 영롱한 이슬도 담겨 있는데, 이 모두에는 우주의 기가 담겨 있으며 사과는 그것을 먹고 자라났기 때문입니다.

그렇습니다. 사과는 단순한 사과가 아니라 작은 우주인 것입니다. 영주를 다녀오고 나서 나는 사과를 먹을 때 작은 우주를 먹는 것 같은 기분에 더욱 감사함을 느낍니다. 이 세상에 존재하는 모든 것은 어느 것 하나 귀하지 않은 것이 없습니다. 작은 풀꽃, 나무 한 그루, 쌀 한 톨, 콩 한 알도 아끼고 귀히 여겨야 하겠습니다. 이는 대자연에 대한 우리의 마땅한 도리이자 예의이니까요.

울 고
싶 은 날

살다 보면 가끔씩
울고 싶은 날이 있습니다.

하늘을 올려다봐도 눈물이 나고
땅을 내려다봐도 눈물이 나고
미풍微風에 흔들리는
여린 꽃잎을 봐도 눈물이 나고
아무 생각 없이도 그냥 눈물이 납니다

살아가다 보면
내 의지와는 상관없이
그냥 울고 싶은 날이 있습니다.

아무것도 아닌 일로
혹은 사랑하는 이가 너무 그리워
마냥 울고만 싶은 날
꼭
그런 날이 있습니다.

몰도바를 듣는 아침

가을 아침 한잔의 커피를 마시며 세르게이 트로파노프Sergei Tro-fanov의 '몰도바Moldova'를 듣습니다. 끊어질 듯 이어지는 바이올린 선율이 가슴을 파고들며 나의 감정 샘을 자극합니다. 저 깊은 영혼의 멜로디가 푸른 가을 하늘에 닿자 하늘이 잠시 구부정한 어깨를 들썩입니다. 저 하늘 또한 심장 깊숙이 슬픔을 간직한 채 살아가는 어느 이름 모를 떠도는 집시처럼 아련히 젖는 슬픔을 아는 까닭일까요. 한잔의 커피를 마시며 몰도바를 듣는 아침, 나는 어디서 와서 어디로 가야 하는지, 나에게 묻고는 가만가만 나를 돌이켜 봅니다.

지난날의 궤적이 흔들리듯 스쳐 지나갑니다. '나는 어느 이름

모를 슬픈 족속이기에 고독을, 그리움을, 슬픔을 운명처럼 안고 살아가는 걸까' 생각해봅니다. '내 몸 속에 살아 흐르는 이 외로움의 피는, 이 고독의 울부짖음은, 이 슬픔의 실체는 무엇일까'도 생각해봅니다. 몰도바를 듣는 아침, 가을도 서러운 걸까요?

열어놓은 현관 저 멀리 푸른 가을 하늘이 깜빡깜빡 흔들리며 나를 외로이 굽어봅니다. 그러나 더는 내게 주어진 길을 비껴가지 않으리라 다시 한 번 마음을 다집니다. 내게 남겨진 그 길을 걸어가는 동안 그 어느 순간이나 고독을, 그리움을, 슬픔을 더욱 뜨겁게 끌어안으리라 생각하고 또 생각합니다. 몰도바를 듣는 이 아침, 뜨겁게 뜨겁게 높이 타오르고 싶습니다.

기차를 기다리는
유쾌한 시간

어느 날 서울에 가기 위해 원주역으로 갔습니다. 표를 끊고 플
랫폼으로 가는데 새들의 지저귐이 동요처럼 들려왔습니다. 나는
귀를 세우고 '대체 어디서 나는 소릴까' 둘러보았습니다. 바로 그
때 플랫폼 천장에서 소리가 나는 걸 알게 되었고, 소리의 주체는
수십 마리의 참새 떼라는 걸 알았습니다.

'아니, 플랫폼에 웬 참새들이야.'

나는 이렇게 생각하며 계단을 내려가 플랫폼으로 갔습니다. 참
새들은 개구쟁이들처럼 이리저리 왔다갔다하며 연신 재잘거렸습
니다. 그 모습이 참 귀엽고 예뻤습니다. 다른 승객들도 기차역에

참새 떼가 신기한지 모두들 한마디씩 하며 즐거운 표정이었습니다. 참새들도 사람들이 자신들을 예뻐하는 줄 아는 것 같았습니다. 사람들 사이를 아무 거리낌 없이 왔다갔다했으니까요.

기차역과 참새, 어울리지 않을 것 같은데도 잘 어울렸습니다. 앞으로도 계속해서 참새들이 기차역을 흥겹게 해주었으면 좋겠다고 생각했습니다. 그러면 기차를 탈 때마다 한결 마음이 따뜻해져 올 테니까요. 참새들의 지저귐으로 기차를 기다리는 시간이 참 유쾌했습니다.

참
맑은 날
같은
그대에게

화창하게 맑은 날 길을 나서니
눈이 부실 만큼 하늘이 맑았습니다.

맑고 푸른 하늘 아래로
하얗게 쏟아져 내리는 가을 햇살은
마치 고운 비단실처럼 반짝반짝 빛났습니다.

맑고 푸른 하늘은 바라보기만 해도
때 묻은 마음이 맑게
정화되는 것 같아 기분이 참 좋았습니다.

사람 또한 그렇습니다.
맑은 날 같이 환한 사람은 보기만 해도
기분이 좋아져 그와 함께 있고 싶어지지요.

지치고 힘들 때
조용히 다가가 편히 기댈 수 있는
참 맑은 날 같은 사람이 그대에게 있습니까?
그대 또한 누군가에게
참 맑은 날 같은 사람인지요?

그렇다면 그대는 참 행복한 사람입니다.

그는 그림으로 시를 쓰는 화가입니다.
그래서 나는 그의 그림을
'그림으로 그린 시'라고 이름을 붙였습니다.
그 또한 이에 대해 만족하리라 생각합니다.
나는 언제까지나
그가 보내는 그림을 감상하기를 바랍니다.
그의 앞날에 아침 햇살보다도 환한 희망의 햇살이
비추기를 마음 깊이 소망합니다.

CHAPTER 2

그림으로
그린 시

시간이 주는
선물

　사람들 중엔 시간을 알차게 잘 쓰는 사람들이 있는가 하면 시간을 낭비하는 것을 아무렇지도 않게 여기는 사람들이 있습니다. 시간을 잘 쓰면 시간은 금이 되어 주지만, 시간을 잘못 쓰면 시간 도둑이 되고 맙니다. 시간을 잘 써서 황금 같은 인생이 된 이들은 시간을 자신의 목숨처럼 소중히 여겼지요. 그들은 한 시간을 열 시간처럼 혹은 스물네 시간처럼 썼습니다. 시간을 낭비하는 것을 스스로 용납하지 않았지요. 그랬기에 그들은 자신이 원하는 것을 이루고 황금 같은 인생이 된 것입니다.

　그러나 시간을 낭비하는 이들은 낭비하는 만큼 마이너스 인생을 살고 있습니다. 시간을 낭비한다는 것은 자신을 함부로 여기는 것과 같기 때문이지요. 시간을 함부로 흘려보내서는 안 됩니다. 시간은 언제나 앞으로만 갈 뿐 절대로 멈추거나 뒤로 가는 법이 없는 정직한 에고이스트이니까요.

　그렇습니다. 시간은 앞으로만 가는 고집쟁이지요. 자신에게 주어진 시간에게 부끄럽지 않아야 합니다. 자신에게 주어진 시간은 자신만을 위한 인생의 소중한 선물이니까요. 그래서 시간과 잘 지내야 하는 것입니다. 그러면 어느 순간 시간이 손을 내밀어 자신이 원하는 행복을 손에 쥐어 줄 것입니다.

최상의 휴식처

원주에는 리조트 한솔 오크벨리가 있습니다. 서울과 수도권에서 가깝고 시설이 잘 갖춰진 사계절 휴양지라서 많은 사람들이 찾아오곤 합니다. 나도 몇 번 가보았지만, 갈 때마다 참 좋은 휴양지라는 생각이 들고 내가 사는 도시에 이처럼 좋은 휴양지가 있다는 것에 시민의 한 사람으로 자부심이 들기도 합니다. 그러나 무엇보다 내가 자부심을 갖는 것은 한솔 오크벨리에 있는 '뮤지엄 산Museum SAN'입니다.

뮤지엄 산은 산 정상에 위치해 있는데, 작은 호수가 미술관을 에워싸고 있어 마치 미술관이 물 속에 떠있는 듯한 형상이라 운치를 더합니다. 게다가 미술관 위에서 바라보는 주변의 풍광은 한

폭의 그림을 보듯 아름답습니다. 뮤지엄 산은 플라워가든, 조각정원, 워터가든, 스톤가든 등 네 개의 가든으로 나뉘어져 있고, 각 주제별에 맞게 특색을 갖추고 있어 보는 재미를 더합니다. 그리고 페이퍼갤러리(종이박물관), 청조갤러리(미술관)라 불리는 두 개의 갤러리가 있어 수준 높은 관람을 할 수 있습니다. 또한 백남준 홀, 파피루스 온실, 삼각코트의 공간을 갖추고 있으며 판화공방, 산뜰리에 등에서는 전문가와 함께 예술 체험을 할 수 있습니다.

특히 눈에 띠는 미술품으로는 워터가든에 설치되어 있는 붉은색 아치 웨이Archway로써 뮤지엄 산을 상징합니다. 그러나 무엇보다도 뮤지엄 산은 국내외 작가들의 그림이 주기적으로 교체되어 전시되는 관계로 미술 애호가들은 물론 누구나 다양한 작품을 관람할 수 있어 인기가 좋습니다.

예술은 인간의 창조적 행위의 결정체로 삶에 지친 이들에게 위안과 안식을 주는 '마인드 레스트'와 같아 문학이든, 음악이든, 뮤지컬이든, 미술이든 시간을 내서 접하게 되면 그만큼 마음을 맑게 정화할 수 있습니다. 이런 관점에서 볼 때 뮤지엄 산은 삶에 지친 이들에게는 최상의 휴식처라고 할 수 있습니다.

작은 것의 의미,
그 소중함에 대하여

언젠가 점보여객기가 이륙을 했다가 이내 회항을 한 일이 있었습니다. 그 이유는 작은 나사 하나가 빠진 것이 뒤늦게 발견되었기 때문입니다. 작은 나사 하나쯤 없는 게 무슨 대수냐고 하겠지만 그것은 대형 참사를 초래하는 원인으로 작용할 수 있는 까닭이지요. 미국 레이건 항공모함은 수많은 작은 부품들로 이루어졌습니다. 파리 에펠탑 역시 수많은 작은 부품들로 조립되어 하나의 거대한 탑이 되었지요. 이의 경우에서 보듯 작다는 것은 결코 작은 것이 아닙니다. 작은 것이 서로 어울리고 조화를 이루어 크고 튼튼하고 우뚝한 것이 탄생되는 것이지요. 이치가 이러한데도 많은 사람들이 작은 것은 단지 작다는 이유만으로 하찮다고 무시해

버리곤 합니다. 작은 성실이 성공을 이루고, 작은 친절이 상대를 감동시키고, 작은 칭찬이 상대에게 긍정적인 에너지를 심어줍니다.

미국 필라델피아 어느 산골에 자그마한 호텔이 있습니다. 그 산골은 널리 알려지지는 않았지만 경치가 좋아 그곳을 아는 사람들은 자주 찾아오곤 했습니다. 비가 몹시 내리는 어느 날 밤이었습니다. 비에 흠뻑 젖은 노부부가 호텔 문을 열고 들어왔습니다. 시간은 이미 자정을 지나고 있었지요.

"어서 오세요."

젊은 남자 직원이 친절하게 맞아주었습니다. 노부부는 묵을 방을 달라고 했습니다. 그러나 그날따라 방이 없었습니다. 방이 없다는 말에 노부부가 상심한 얼굴로 호텔 문을 막 나서려던 차에 젊은 남자 직원이 노부부에게 말했습니다.

"저, 손님! 제 방이 좀 누추해서 그런데 괜찮으시다면 묵어가시지요."

조금 전 시무룩했던 노부부는 반색을 하며 그러겠다고 말했습니다. 젊은이는 노부부를 자신의 방으로 안내했습니다. 그러고는 방을 깨끗하게 청소한 후 잠자리를 살펴주었지요. 노부부는 매우 만족해하며 잠자리에 들었습니다. 다음 날 아침 노부부는 호텔을 떠나며 말했습니다.

"이 호텔은 젊은이가 일하기에는 너무 협소하군요. 그럼 또 봅시다."

그로부터 2년이 지난 어느 날, 젊은 남자 직원 앞으로 편지가 왔습니다. 편지 속에는 비행기 표와 초청장이 들어있었습니다.

'누가 이걸 보냈지?'

젊은 남자 직원은 이렇게 생각하며 초청장에 적힌 주소로 찾아갔습니다. 그가 도착한 곳엔 으리으리한 호텔이 우뚝 서 있었습니다. 호텔 오픈식이 열리고 호텔 사장은 2년 전 자신이 겪었던 일에 대해 축하객들에게 말하고는 호텔 경영권을 젊은 남자 직원에게 넘겨주었습니다. 젊은 남자 직원은 성실성을 인정받아 특급호텔 사장이 되었는데, 이 호텔이 바로 그 유명한 월도프 아스토리아 호텔입니다. 젊은이는 직원으로서 성실하게 일한 것뿐인데 그의 성실성을 높이 산 노부부에게 뜻밖의 선물을 받은 것입니다.

"자그마한 것이라도 여럿이 모이면 완성을 가지고 온다. 그러나 완성은 결코 자그마한 것이 아니다."

이는 화가이자 건축가이며 조각가인 미켈란젤로가 한 말입니다. 그는 천재로 잘 알려진 사람이지요. 그는 너무도 가난해 한 방에서 여러 명의 일꾼들과 생활해야 했지만 언제나 작은 일에도 성실하게 임했습니다. 그의 성공은 작은 것이 모여 하나의 완성을 이루듯 작은 일에도 성실히 최선을 다했기 때문입니다.

지금 우리 사회는 작고 보잘것없는 것을 등한시하는 풍조가 만연합니다. 대학을 나온 젊은이들이 취업을 하지 못해 백수로 지냅니다. 그나마 취업을 한 젊은이들도 대개는 비정규직에 한정되어 있어 언제 해고될지 모르는 환경 속에서 초조해 하며 일합니다. 이는 정부의 경제정책에도 원인이 있지만, 중소기업은 작고 보잘것없다고 철저하게 외면하는 까닭이지요. 무조건 대기업이나 국영기업체를 목표로 합니다. 이는 매우 잘못된 생각입니다.

지금 중소기업은 일할 젊은이들이 없어 가동을 멈춘 공장라인이 부지기수라고 합니다. 중소기업 중엔 전망이 밝고 미래지향적인 기업도 많습니다. 이런 중소기업에서 자신의 능력과 열정을 쏟아붓는다면 얼마든지 좋은 결과를 얻을 수 있습니다. 경쟁이 심한 대기업에 기를 쓰고 들어가 봐야 자신의 능력을 제대로 발휘할 기회가 없습니다. 모두가 실력이 비슷하다 보니 경쟁에 휘말려 스트레스만 쌓입니다.

우리나라 대기업 직장인의 평균 근속 연수는 10년이 채 안된다고 합니다. 갖가지 스펙을 쌓느라 돈 들이고 시간과 열정을 들인 것에 비하면 너무 억울하다는 생각이 드는군요. 그리고 보면 좋은 중소기업이야말로 청년들의 능력과 역량을 마음껏 펼쳐 보일 수 있는 좋은 꿈의 장소라 할 수 있습니다. 중소기업에서 성실하게 자신의 꿈을 개척해나간다면 생각지도 못한 뜻밖의 결과를 얻게 될 것입니다. 지금의 현대그룹은 작은 건설회사가 시초가 되었고, 삼성그룹 역시 보잘것없는 작은 가게가 모체였습니다. 자신의 능력을 제대로 발휘해보고 싶다면 중소기업이든, 그곳이 어디든, 무슨 일이든 자신에게 잘 맞는 곳을 찾아 끊임없이 시도해야 합니다. 작은 일에도 성실하게 노력하다 보면 자신이 원하는 삶을 살아갈 수 있는 길이 반드시 열리게 된답니다.

역사적으로 볼 때 성공한 사람들이나 지금을 성공적으로 살고 있는 사람들을 보면 그들에게는 한 가지 공통점이 있는데 그것은 바로 작고 사소한 일에도 결코 지나침이 없었다는 것입니다. 그들은 작고 사소한 일에도 성실하게 열정을 바쳐 최선을 다했습니다. 그럼으로써 미래를 밝게 하는 삶의 보화를 캐내 자신의 인생을 가치 있고 보람 있는 최고의 삶으로 만들었던 것이지요. 진정으로 성공적인 삶이 되어 주목 받는 인생으로 살고 싶다면 작고 보잘것없는 일에도 성심성의를 다해야 합니다. 그 작고 하찮은 일에 자신의 미래를 바꾸어 놓을 진주 같은 비전이 숨어 있기 때문이니까요.

성실하게 자신의 꿈을 개척해나간다면
생각지도 못한 뜻밖의 결과를 얻게 될 것입니다.

잃어버린
서정을 찾아서

마음이 답답하거나 우울할 때 시집이나 에세이를 읽다 보면 마음이 따뜻해지며 평안해지는 기분이 들곤 합니다. 시나 에세이는 굳어진 마음을 푸는 데 아주 그만이니까요. 왜 그럴까요?

그 이유는 시와 에세이에 들어 있는 '서정성' 때문입니다. 서정성은 마음 밭에 기름을 뿌리고 거름을 주는 것과 같기 때문에 딱딱하게 굳은 마음도 부드럽게 만들어주지요. 그러나 서정성을 잃으면 마음이 완악해지고 거칠어지지요. 그래서 작은 일에도 화를 잘 내고, 남을 배려하는 데도 서툽니다. 또한 사랑의 마음을 잃게 되고, 자신만 아는 이기심으로 가득 차게 되지요.

시집이 팔리지 않는 것은 어제 오늘의 이야기가 아닙니다. 80년

대, 90년대만 해도 시를 읽는 사람이 많았습니다. 그때는 수십만 부나 팔리는 시집이 간간이 나오기도 했고, 대체적으로 시집은 독자들의 많은 사랑을 받았습니다. 에세이 또한 마찬가지지요. 그런데 지금은 시집을 읽는 사람들이 별로 없습니다. 서정성을 잃어버린데다 시가 난해하다 보니 흥미가 없기 때문이지요. 이는 난해한 시나 써대고 외국의 시를 흉내 내는 시인들의 책임이 크지요. 시를 안 읽게 된 것은 결국 시인들의 책임입니다. 그런데다 바쁘게 살다 보니 마음은 메마를 대로 메마르게 되고 서정성을 잃게 되는 것은 당연한 일이지요. 그나마 정통 에세이는 아니더라도 여러 갈래의 에세이를 읽는 독자가 더러 있는 것을 보면 감사한 일입니다.

다시 시를 읽고, 에세이를 지금보다 더 많이 읽어야 합니다. 그래서 잃어버린 서정성을 다시 찾아야 합니다. 그래야 스스로를 따뜻하고 평안하게 할 수 있고, 사람들과의 관계에서도 막힘없이 잘 지낼 수 있습니다. 서정성은 단순한 '서정의 마음'이 아닙니다. 그것은 참다운 인간의 본질이며 인간답게 살게 하는 삶의 근본이기 때문이지요.

편파의 위험성

　모처럼 만에 멋진 권투 경기를 보았습니다. WBA, WBC, IBO, IBF 미들급 통합 세계챔피언인 카자흐스탄의 게나디 골로프킨과 멕시코의 사울 카넬로 알바레스의 경기였습니다. 골로프킨은 한국계로 매너가 좋기로 평가받는 선수이며 90%가 넘는 KO 승률을 자랑하는 현역 최고의 선수입니다. 도전자인 알바레스 또한 49승 1패 34KO 승을 갖고 있는 뛰어난 선수이지요. 세기의 대결이라 부를 만큼 흥미진진했으며, 권투의 참맛을 느끼게 한 멋진 경기였습니다. 하지만 12회 판정결과는 무승부였습니다. 골로프킨은 챔피언 벨트를 지킬 수 있었지만 판정에 아쉬움이 많은 경기였습니다. 골로프킨은 챔피언임에도 시종일관 공격적으로 알바레스를 코너에 몰아넣으며 공격을 퍼부었습니다. 반면에 알바레스는 뒷걸음질 치기에 급급했고 간간이 점수에 해당하는 펀치를 날리곤 했지요. 객관적으로 보기에도 시종일관 공격적이었던 골로프킨의 우세가 예상되는 경기였습니다.

나를 비롯한 많은 복싱팬들이 판정에 논란을 제기하는 것은 복싱 관례상 국가 연주도, 시합 전 링에 먼저 올라가는 것도 도전자가 먼저 하고 챔피언이 나중에 합니다. 그런데 이 관례를 깨고 알바레스 중심으로 진행되었다는 것은 문제가 있습니다. 이런 정황들은 판정에 문제가 있다는 것을 충분히 입증하는 예와 같으니까요. 손에 땀을 쥐게 하는 멋진 경기였으나 석연찮은 판정으로 찜찜한 경기이기도 했습니다. 만일 골로프킨이 미국 선수였다면 결과는 당연히 압도적으로 골로프킨의 승리였을 것입니다.

무슨 일에서든 좋은 평가를 받기 위해서는 진실을 왜곡해서는 안 됩니다. 편파는 진실을 왜곡하게 하는 부정적인 일이니까요. 어떤 일에서든 편파는 많은 문제를 야기합니다. 편파와 같은 불합리적인 일은 절대 해서는 안 됩니다. 그것은 질서를 파괴시키는 일이며 진실을 오도하는 일입니다. 공정하고 정당한 평가만이 필요하지요. 그것이야말로 우리의 삶을 바르고 떳떳하게 만드는 일입니다.

가을

가을은
거대한 시 창작 교실입니다.
그래서 가을이 되면
누구나 한 번은 시인이 됩니다.

프로의 조건

　미국의 모델 마라 마틴은 패션모델로 일러스트레이티드 스윔스
쇼에서 아기에게 모유 수유를 하며 워킹했습니다. 쇼가 계속해서
연기되는 바람에 5개월 된 아기 마리아가 배가 고픈 것을 알고는
"아기를 안고 모유 수유를 하면 어떻겠느냐"며 조직위원회 팀원
중 한 명이 제안하자 마라 마틴은 흔쾌히 "그렇게 하겠다"고 했던
것입니다. 워킹을 하며 모유 수유를 하는 마틴의 모습을 본 사람
들은 열광적인 반응을 보였습니다. 모델이기 전에 한 아이의 엄마
인 그녀의 행동에 깊이 감동했기 때문이지요. 그녀가 보여준 행동
은 아름다운 모성애의 극치였습니다.

　마틴은 자신의 인스타그램에 "아침에 일어나 보니 나와 딸아이

가 평소 하는 일로 신문 첫 면을 장식했더라. 모유 수유를 평범하게 받아들이고 다른 여성들도 모두 할 수 있다는 것을 보여줬기를 바란다"며 자신의 생각을 밝혔습니다. 마라 마틴은 진정한 프로였습니다. 프로는 그 어떤 상황에서도 자신이 지닌 역량을 발휘할 수 있어야 하니까요.

그런데 사람들 중엔 자신의 뛰어난 재능만 믿고, 멋대로 굴며 자신을 프로라고 하는 이들이 있습니다. 이는 매우 잘못된 생각입니다. 프로professional는 프로페셔널리즘professionalism에 철저하게 무장되어야 합니다. 프로페셔널리즘이란 '자신의 직업과 일에 대해 전문성을 갖추고 강한 자부심과 탐구심을 가짐은 물론 사회적 책임을 자각하는 정신'을 말합니다. 그러니까 프로가 되기 위해서는 프로정신에 철저하게 몰입되어야 합니다.

진정한 프로가 되기 위해서는 프로로서의 조건을 갖춰야 합니다. 첫째는 자신의 일을 목숨처럼 소중히 여기고 즐겁게 해야 합니다. 자신의 일을 자신의 생명처럼 여긴다는 것은 그 어떤 상황에서도 자신이 해야 할 일을 훌륭히 해내야 한다는 말입니다. 그리고 그 일을 즐기며 즐겁게 해내야 합니다. 그랬을 때 사람들에게 깊은 감동을 줄 수 있으니까요. 둘째는 많든 적든 일에 대한 대가를 지불받아야 합니다. 프로는 자신의 재능을 파는 사람입니다.

그렇다면 마땅히 크든 적든 노력에 대한 대가를 지불받아야 마땅합니다. 셋째는 긍지와 자부심을 잃지 말아야 합니다. 프로는 긍지와 자부심을 잃게 되면 그 순간부터 비굴해지고 맙니다. 그 어떤 상황에서도 당당하게 자신의 색깔을 보여주어야 합니다. 그랬을 때 사회로부터 인정받고 사람들로부터 예우받을 수 있으니까요.

진정한 프로가 되고 싶다면 이 세 가지를 마음에 새겨 뼛속까지 프로정신으로 무장해야 합니다. 이런 관점에서 볼 때 마리 마틴은 진정한 프로가 무엇인지를 잘 보여준 프로 중에 프로라고 할 수 있습니다.

폭염이 우리에게
말하는 것

2018년 여름은 유난히 더웠습니다. 말 그대로 폭염과의 전쟁이었지요. 체온보다도 높은 기온이 연일 신기록을 세웠습니다. 심지어 41도까지 오르는 등 40도를 넘기는 것은 예삿일이 되고 말았습니다. 폭염을 이겨내기 위해 집집마다 냉방기를 총동원해도 폭염 기세는 꺾일 줄 몰랐습니다. 사람도, 동물도, 곡식도 지독한 폭염 앞에 지쳐 어쩔 줄을 몰라 했습니다. 이는 비단 우리나라만의 문제가 아니라 지구촌 곳곳에서 일어나는 현상으로 보통일이 아닙니다. 폭염으로 인해 유럽을 비롯한 미국 등에서 자연적인 발화로 산불이 일어나 수백 년 묵은 나무들이 잿더미로 변하고, 많은 사람들이 죽고 다치는 것은 물론 수많은 재산 피해를 입었습니다.

또한 호수와 강물이 말라 물기 잃은 땅은 황폐화되고, 거대한 빙산이 녹아내리는 등 한마디로 난리 그 자체입니다. 기후학자들은 앞으로 이런 현상이 매년 반복될 것이며, 점점 더 심각해질 것이라고 말합니다. 사실상 이것은 단순한 기후 문제가 아니라 인류가 사느냐 죽느냐 하는 큰 위험에 직면해 있음을 의미합니다.

이 모두는 경제개발을 위해 무분별하게 자연을 훼손시키고 오염시킨 결과입니다. 돈이 되는 일이라면 땅을 마구 파헤치고, 나무를 베어내고, 공기를 오염시키고, 온갖 산업폐기물을 비롯한 쓰레기들이 땅과 바다를 오염시켜 오존층이 파괴되는 등 지구가 정화능력을 잃음으로써 발생된 일이다 보니 그저 유구무언일 뿐입니다. 이상기온으로 인해 지구가 심각하게 변화된 것의 요인 중 가장 책임이 크다고 할 미국과 중국은 사태의 심각성을 인식하지 못하고 그저 경제논리에만 빠져 있습니다.

그동안 인류는 획기적인 물질문명의 발전을 이뤄냈고, 고도화된 과학의 발달로 편리함을 추구하고 있습니다. 풍성한 먹을거리와 수준 높은 의료 발달로 수명도 길어졌습니다. 지금 인류가 가진 것을 잘 관리하는 것만으로도 충분히 먹고 살 수 있습니다. 더 많이 갖고, 더 편리하기 위해 지구를 훼손시키는 일은 여기서 멈춰야 합니다. 그리고 각국이 머리를 맞대고 훼손된 지구를 되살리기 위해 집중해야 합니다. 지금 인류가 갖고 있는 과학기술과 자본이라면 얼마든지 지구를 되살릴 수 있습니다. 앞으로 목표는 과학을 발전시키고 경제를 발전시키는 것이 아니라 지구가 더 이상 자생력을 잃지 않고 원활히 정화작용을 할 수 있도록 하는 것입니다. 인류가 지구상에 존재한 이래 지구는 인류에게 먹을 것과 입을 것을 아낌없이 제공했습니다. 인류는 지구로부터 수많은 혜택을 받으며 지내왔던 것입니다. 그런데 인류는 배은망덕하게도 지구를 병들게 하고 '나 몰라라' 하고 있으니 지구가 분노하는 것은 당연한 일입니다.

그렇습니다. 이제는 더 이상 지구를 괴롭히고 병들게 해서는 안 됩니다. 지금이라도 당장 각국이 힘을 모아 지구를 되살리는 운동에 매진해야 합니다. 그래서 지치고 병든 지구를 건강하게 복원시켜야 합니다. 그것이 인류가 죽지 않고 영원히 사는 길입니다. 폭염이 지구촌을 강타해서 인류를 힘들게 하는 것은 병든 지구를 살려야 한다는 외침인 것입니다. 우리는 이를 겸허히 받아들여야 합니다. 그것이야말로 수많은 시간 동안 인류에게 은총을 베푼 지구에 대한 인류의 도리이자 예의인 것입니다.

적게 말하고
많이 듣기

요즘 우리 사회는 남의 일에 함부로 나서서 비판하고 욕설하는 사람들로 인해 문제가 매우 심각할 정도입니다. 페이스북, 인스타그램 등의 SNS를 통해 자신의 생각을 자유롭게 펼치는 사람들이 많습니다. 정보를 공유함으로써 모르는 것을 배우기도 하고, 알리기도 하면서 생각을 활발하게 펼친다는 것은 매우 긍정적인 일이지만 나와는 상관없는 사람들에게 모욕을 주고, 욕설을 퍼붓는 등 인신공격도 서슴지 않습니다. 그러다 보니 억울하게 당한 사람 쪽에서 맞대응을 하고, 법적인 문제로 점화되기도 합니다.

말은 되도록 적게 하는 것이 좋습니다. 그래야 말로 인한 실수를 막을 수 있으니까요. 이에 대해 중국 춘추전국시대의 학자이자

사상가인 묵자는 다음과 같이 말했습니다.

"말이 많으면 쓸 말은 상대적으로 적은 법이다."

그렇습니다. 말이 많으면 쓸모없는 말도 많은 법이지요. 말은 한 번 내뱉으면 주워 담을 수 없습니다. 조심 또 조심하는 것이 말이지요. 그 대신 남의 말은 많이 들어주는 것이 좋습니다. 사람은 누구나 자신의 말에 귀 기울이는 자를 좋아하지요. 경청은 상대에 대한 예의이자 말없는 대화입니다. 말은 적게 하고, 남의 말은 많이 들어주는 사람이 되어야 하겠습니다.

쓴웃음이
흘러나왔다

서울에서 볼일을 마치고 원주로 오기 위해 기차를 탔습니다. 기차는 언제나 여행하는 기분을 느끼게 하기에 부족함이 없습니다. 밤늦은 시간인데도 그날따라 승객이 많았습니다. 몇 군데 일을 보다 보니 피곤이 밀려왔습니다. 나는 등받이에 기대어 눈을 감고 기차가 출발하기를 기다렸습니다. 이때 누군가가 옆자리에 앉았습니다. 순간 술 냄새가 짙게 풍겼습니다. 술을 잘 못 먹는 내게 술 냄새는 여간 곤혹스러운 것이 아닙니다. 불쾌한 마음을 감추고 눈을 떠서 보니 외국 여성이 연신 트림을 해댔습니다. 심한 술 냄새에 머리가 지끈거리며 아파왔습니다. 나는 빈자리가 있나 살펴보았지만 자리마다 사람들도 가득했습니다. 하는 수 없이 나는 차창 밖으로 고개를 돌리고 밖을 내다보았습니다. 그러나 냄새는 어쩔 수 없었습니다.

예전 일이 생각났습니다. 강릉에 갔다 고속버스를 타고 오는데 옆자리에 탄 남자 승객 때문에 큰 곤혹을 치렀지요. 그 남자는 얼마나 술을 먹었는지 몸도 바로 하지 못해 연신 내 쪽으로 고개가 밀려왔습니다. 화가 치밀어 올라 주의를 주려다가 참고 또 참았지요. 나는 손수건을 꺼내 코에 대고 최대한 숨을 크게 들이쉬고 내쉬기를 반복했습니다. 1시간 30분 동안 곤혹을 치른 끝에 원주에 도착해 버스에서 내리니 날아갈 것 같았습니다. 그때의 기억이 되살아나 나는 그 여성에게 한마디 하려고 고개를 돌렸습니다. 여자는 잠이 들었는지 의자에 기댄 채 꼼짝도 하지 않았습니다. 그 모습에 나는 화를 가라앉히며 손으로 코를 막고 창밖을 바라보았습니다. 그렇게 간신히 원주에 도착하고 보니 머리가 어질어질 거렸습니다. 참 어처구니없다는 생각에 쓴웃음만 나왔지요.

기차나 버스를 탈 때, 공공기관을 이용할 때 술이나 담배 냄새를 풍기면 여간 불쾌한 것이 아닙니다. 자신은 이런저런 일로 술을 마시고 담배를 핀다고 하지만 옆 사람과 주변 사람들에겐 피해를 주게 되지요. 나는 좋아도 다른 사람들에게 피해를 주어서는 안 됩니다. 그것은 사람들을 고통스럽게 하고 불쾌하게 만드는 일이니까요. '나 하나쯤이야' 하는 생각을 버려야 합니다. 이러한 이기적이고 안일한 생각을 버리면 그 어떤 상황에서도 남에게 피해 주는 일은 하지 않게 되니까요.

침묵과
분노

침묵이 아름다운 것은
침묵할 가치가 있음을 알고
침묵할 때입니다.

그러나 침묵하지 말아야 할 때
분노해야 할 때
침묵한다는 것은 비겁함이며
자신을 무가치하게 하는 일입니다.

분노가 가슴을 뜨겁게 하는 것은
분노할 때를 알고
거침없이 당당하게 분노할 때입니다.

침묵할 때는 침묵하되
분노해야 할 때는
침묵의 문을 열고 뜨겁게 분노하십시오.

그림으로
그린 시

　나는 매달 마지막 날이면 한편의 그림을 카톡으로 선물 받습니다. 그림과 짧은 글을 담아 보내는 이는 탁용준 화가입니다. 그는 젊은 날 몸을 다쳐 두 팔만 간신히 움직여 그림을 그립니다. 그가 그림을 그리는 것을 보면 마치 한 땀 한 땀 수를 놓는 것 같습니다. 몸을 자유롭게 쓰지 못하다 보니 정상적인 화가보다 열 배, 백 배 아니 그 이상의 힘이 듭니다. 그런데도 그는 매년 한두 차례 개인 전시회를 열고, 여기저기서 초청을 받아 그림전시를 하는 등 그 열정이 하늘에 닿을 정돕니다. 그를 보면 어디서 그런 열정이 솟아나는지 경탄하지 않을 수 없습니다.

　지금의 그가 있기까지는 매우 혹독했던 지난 시절을 인내와 사랑으로 극복했기 때문입니다. 그에게는 헌신적인 아내가 있습니다. 그의 아내는 그를 지극정성으로 보살펴 살려냈습니다. 그가 두 팔을 간신히 움직이는 것을 확인한 아내는 병원에서 퇴원한 후 그를 자동차에 태워 그림을 공부하게 했습니다. 학창시절 그림을 즐겨 그리던 그는 휠체어에 몸을 고정한 채 힘겹게 그림을 공부했습니다. 포기하고 싶을 때도 있었지만 사랑하는 아내와 아이를 위해 죽을힘을 다해 그림을 그렸고, 마침내 자신만의 그림의 세계를 갖게 되었습니다.

그는 대한민국 미술대전을 비롯해 각종 공모전에서 입상한 후 본격적인 작품 활동을 시작했습니다. 그는 2001년 1회 개인전을 열고난 후 2017년까지 무려 20회의 개인전을 열었으며, 수많은 단체전을 비롯해 자선 개인전을 열며 자신의 이름을 널리 알리는 화가가 되었습니다. 그는 이런 공을 인정받아 국민추천포상 대통령표창과 문화체육관광부장관 표창을 수상했습니다. 그리고 두 권의 도록을 냈으며, 다수의 책에 그림을 그리며 화가로서 활발하게 활동하고 있습니다.

나는 이들 부부를 생각할 때마다 하늘이 맺어준 천연天緣이라고 생각합니다. 그렇지 않고서야 어찌 그처럼 아름다운 부부의 정을 다할 수 있을까요. 나는 그가 건강하게 좋은 그림을 많이 그려 사람들에게 사랑받기를 바랍니다. 그래서 그가 자신의 인생에 대해 만족하기를 바라며, 살아있다는 것은 그 자체만으로도 훌륭한 인생의 선물임을 많은 사람들에게 증거가 되길 희망합니다.

'카톡!'

글을 쓰는데 그로부터 메시지기 왔습니다. 예쁜 그림과 글이 담긴 메시지었습니다. 나는 그림을 보고 그에게 고맙다는 말과 그림에 대한 나의 소감을 보냈습니다. 그는 그림으로 시를 쓰는 화가입니다. 그래서 나는 그의 그림을 '그림으로 그린 시'라고 이름을 붙였습니다. 그 또한 이에 대해 만족하리라 생각합니다. 나는 언제까지나 그가 보내는 그림을 감상하기를 바랍니다. 그의 앞날에 아침 햇살보다도 환한 희망의 햇살이 비춰지기를 마음 깊이 소망합니다.

친절한 그녀

    미국에서 작은 누님이 인천공항에 도착하는 날, 나는 서둘러 인천행 버스에 올랐습니다. 원주를 떠난 지 정확히 2시간 후 인천 버스터미널에 도착했습니다. 나는 버스에서 내리자마자 인천에서 새로 이사한 아우네 집을 찾아가기 위해 터미널 안내 데스크를 찾았습니다. 인천 지리에 미숙한 나는 내가 찾아가는 곳에 대해 말하며 도움을 요청했습니다. 내 말을 듣고 데스크 여직원은 컴퓨터를 검색하더니 메모지에 무언가를 적기 시작했습니다. 그러고는 메모지를 내보이며 작전역에서 내려 7번 출구로 나가 직진하면 버스 정류장이 있을 것이고, 그곳에서 2-1번 버스를 타고 ○○아파트 앞에서 내리라며 낮지만 또렷한 목소리로 말했습니다. 그녀의 친절한 안내에 내 마음은 매우 흡족했습니다. 자신의 직무로 하는 일이지만 나를 대하는 그녀의 태도는 진정성이 넘쳐났으니까요. 나는 그녀의 친절이 너무도 고마워 활짝 웃으며 감사한 마음을 전했습니다. 친절한 그녀는 그 어느 꽃보다도 아름다웠습니다. 그 어떤 꽃도 진정성 넘치는 사람꽃보다 아름다울 수가 없지요. 그녀는 사람 향기 가득한 한 송이 꽃이었습니다.

"모든 사람에게 예의 바르고, 친절한 사람은 아무도 적으로 삼지 않는다."

미국 건국의 아버지라고 불리는 벤저민 프랭클린이 한 말입니다. 그렇습니다. 친절한 사람에겐 적이 없습니다. 그래서 친절한 사람은 어디를 가든 환영받습니다. 친절한 사람은 누구에게든지 기쁨을 주고, 평안함을 주기 때문이지요. 친절한 말 한마디, 친절한 행동 하나가 사람들의 마음을 움직이고 감동을 줍니다. 친절하게 하는 데는 돈이 들지 않습니다. 다만 조금만 더 배려하고, 사랑하는 마음으로 사람을 대하면 됩니다. 물론 쉽지만은 않습니다. 그러나 그럼에도 친절하게 말하고 행동해야 합니다. 그것은 곧 자신을 위하는 일이며, 자신의 가치를 높이는 일이니까요.

줄서기와
비위 맞추기

어딜 가나 줄서기를 위해 기웃거리는 이들이 있습니다. 정치판
이 그러하고, 기업 또한 그러하고, 각 기관마다 그러하고, 예술 분
야가 그러하고, 체육계가 또한 그러하고 어딜 가나 줄서는 사람들
로 들썩입니다. 줄을 잘 서는 것만으로도 자신의 삶의 바퀴가 순
탄하게 굴러가기 때문이지요. 줄이 실력(능력)보다 더 힘이 세다
보니, 줄을 대기 위해 혈안이 되어 바삐 움직이는 이들의 눈을 보
면 간교함으로 가득 차 있습니다. 그들은 줄서기 또한 능력이라
고 생각합니다. 줄서기를 위해 도움이 되는 지연, 학연은 물론 아
는 사람을 동원하기도 하고, 뒷돈을 대기도 합니다. 이 모두는 삶
을 쉽게 살려고 하기 때문에 벌어지는 일입니다. 이를 시단詩壇의

관점에서 살펴보는 것도 이해를 돕는 데 의미가 클 것이라 생각합니다.

요즘 젊은 시인들 중엔 출판사와 문학집단, 선배들의 입맛에 맞추기 위해 작품을 쓰는 이들이 있습니다. 또한 집단에 끼기 위해 집단의 비위를 맞추고, 그런 선배들의 눈에 들기 위해 잔머리를 굴려대는 이들도 있습니다. 물론 책 한 권 내는 것이 힘든 시대이다 보니 그렇게 해서라도 책을 내고, 문학적 보폭을 넓히기 위한 수단이라고 여길 수도 있겠으나 그렇게만 보아 넘기기엔 눈살이 찌푸려집니다. 왜 그럴까요?

그렇게 해서 낸 책이나 작품을 보면 성향이 비슷비슷해서 이름을 보지 않으면 그 작품이 그 작품 같습니다. 즉 한 사람이 쓴 작품처럼 여겨진다는 것입니다. 이는 무엇을 말하는 걸까요? 그만큼 작품이 획일화 되었다는 것을 방증하는 것이지요. 이는 개성을 중시하는 문학 풍토에 반하는 것입니다. 문학 현실이 이런데도 그들은 심각성을 알지 못하니 안타까울 뿐입니다. 자신만의 개성을 살리고, 자신만의 작품으로 인정받아 책을 내고 문학의 보폭을 넓혀야 스스로에게 떳떳하고 성취감 또한 큰 법이지요. 젊음의 패기를 타의他意의 입맛에 맞춰 절제한다는 것은 자신의 문학적 영혼을 저당 잡히는 것과 같습니다.

그렇습니다. 진정한 작가가 되기 위해서는 누구의 눈치도 보지 말고, 집단이나 선배, 출판사의 비위도 맞추지 말고, 문학적 성공을 위해 조급해하지도 말고, 오직 좋은 작품을 쓰는 데 열정을 다 바쳐야 합니다. 작품만 좋으면 반드시 빛을 보는 법이니까요. 문학은 넓고 쓸 일은 많습니다. 자신의 문학적 재능을 한껏 살림으로써 스스로를 빛내는 작가가 되고, 내가 될 때 삶의 성취도는 그만큼 크다는 것을 잊지 말았으면 합니다.

이미지와 분위기

　나는 금융기관을 이용할 때 시중은행을 이용하는 대신 주로 우체국을 이용합니다. '우체국'이라는 공간이 주는 이미지가 정겹게 다가오기 때문입니다. 특히 큰 우체국보다는 시골 우체국처럼 작은 우체국에 더 애착이 갑니다. 그곳에 가면 마치 오래전 누군가가 기다리고 있을 것만 같고, 사랑방의 정겨움처럼 따뜻함이 물씬 풍겨나는 까닭입니다. 내가 이용하는 우체국은 도심에 있지만 작고 소박한 우체국입니다. 한 달에도 여러 차례 우체국을 이용하다 보니 우체국 직원들이 마치 이웃사람처럼 느껴집니다.

　그런데 언제부턴가 우체국이 낯설다는 느낌이 들었습니다. 가만히 생각해보니 우체국장을 비롯해 직원들이 바뀌고 난 후였습니다. 근 20년 가까이 한 곳의 우체국을 이용하다 보니 그동안 숱한 직원들이 바뀌었습니다. 그런데도 늘 한결같이 우체국이 정겹다고 느낀 것은 직원들의 태도에 있었습니다. 많은 직원들이 바뀌었지만 친근함의 태도는 여전했기 때문이지요. 그러다 보니 분위기가 늘 같았던 것입니다. 그러나 최근 들어 바뀐 직원들은 예전의 직원들과는 달리 친근감도 떨어지고, 인사성도 별로 없어 냉랭한 느낌을 받았던 것이지요. 그래서 우체국 가는 길이 예전 같지 않고 삭막하게 느껴집니다. 직원들의 태도가 분위기를 완전히 바꾸어 놓은 것입니다. 공공기관을 이용하는 데 있어 직원들의 태도, 즉 사람을 대하는 자세가 얼마나 중요한지를 다시금 느끼는 계기가 되었습니다.

경영컨설턴트이며 인간관계전문가이자 『Yes를 끌어내는 설득의 심리학』의 저자인 레스 기블린은 이렇게 말했습니다.

"첫 만남은 결정적이다. 첫 이미지가 마지막 이미지가 될 수 있다. 첫 이미지가 좋으면 그다음부터는 사람들 대하기가 쉽지만, 첫 이미지가 나쁘면 두 번째 만남에서 당신에 대한 이미지를 바꾸기는 생각보다 어렵다."

이 말은 이미지가 사람들에게 미치는 영향이 얼마나 중요한지를 잘 알게 합니다. 새로 바뀐 직원들을 처음 보았을 때의 받았던 냉랭한 이미지는 우체국을 갈 때마다 여전합니다.

이처럼 직장에서든 개인과의 만남에서든 인간관계에 있어 이미지는 매우 중요합니다. 이미지가 좋으면 긍정적인 인간관계를 이어가게 되지만 이미지가 나쁘면 인간관계는 부정적으로 치닫게 되고, 끝내는 단절되고 맙니다. 사람들과 좋은 관계를 맺고 싶다면 이미지를 중요시하세요. 그것이 인간관계에 있어 긍정적인 나를 사는 참 지혜랍니다.

한 그릇의
밥

한 그릇의 밥이 되기 위해서는
수많은 사랑과 정성, 인내가 필요합니다.
한 그릇의 밥은
위대한 존재의 양식이며 생명의 원천입니다.
한 그릇의 밥을 위해 날마다 기도하십시오.

아름다운
인간의 결정체

우리나라의 대표적인 아동문학가 이오덕 선생과 권정생 선생
이 주고받은 편지를 엮은 책 『선생님, 요즘은 어떠하십니까』를 보
면 두 사람의 사이가 얼마나 아름다운 관계인지를 알 수 있습니
다. 12살이나 되는 나이 차이에도 두 사람은 서로를 마음 깊이 존
중하며 오랜 시간 친분을 쌓아왔습니다.

이오덕 선생은 권정생 선생의 작품을 중앙문단에 알리기 위해
작품을 게재할 문학잡지를 적극 주선했으며, 책을 내게 해주기 위
해 여러 출판사에 직접 찾아가면서 도와준 모습은 감동 그 자체였
습니다. 자신의 책을 내기에도 빠듯한 현실에서 남의 책까지 신경
을 써준다는 것은 여간 정성이 없으면 하기 힘든 일입니다. 이오

덕 선생의 열정적인 노력으로 권정생 선생은 책을 내게 되었고, 여기저기 알려지게 되었습니다. 그리고 어느샌가 우리나라를 대표하는 아동문학가의 반열에 오르게 되었습니다.

이오덕 선생은 권정생 선생의 생활이 안정되자 누구보다 기뻐했고, 그가 잘 되는 것을 자신이 잘 되는 것처럼 행복해했습니다. 이오덕 선생은 권정생 선생이 작가로 자리 잡기 전까지 틈틈이 생활비와 약값을 보내주었고, 몸이 아픈 그를 늘 걱정하며 바쁜 와중에도 2~3개월마다 직접 찾아가 격려했지요. 그런데 권정생 선생이 인세를 받음으로써 자력으로 생활비를 충당하게 되었으니 이오덕 선생의 기쁨은 매우 컸습니다.

누군가를 위해 자기 일처럼 열정을 쏟아 돕는다는 것은 쉬운 일이 아닙니다. 지극한 사랑과 정성이 함께 해야만 할 수 있는 일이니까요. 이오덕 선생과 권정생 선생은 진정한 인간관계가 무엇인지, 진실한 삶이 무엇인지를 온몸으로 보여준 아름다운 인간의 결정체입니다.

인격은 스스로
지켜야 한다

출판사에 볼일이 있어 지하철 2호선을 타고 가는데 갑자기 "아함!" 하는 소리가 들렸습니다. 순간 내 눈은 소리가 나는 곳으로 향했지요. 주변 사람들의 눈도 예외는 없었습니다. 소리가 워낙 컸으니까요. 예순쯤 된 남자였는데 주변 사람들은 아랑곳하지 않고 목젖이 다 보일 만큼 입을 크게 벌리고 연신 하품을 해댔습니다. 생리적인 현상을 뭐라고 할 순 없지만 많은 사람이 북적이는 지하철에서 평소에 하던 습관 그대로 한다는 것은 다수에 대한 예의가 아니지요. 최소한 손으로 입을 가리고 한다든지 주변 사람들에게 불쾌한 감정을 갖게 해서는 안 됩니다. 그런데 그 남자는 한술 더 떠 비스듬히 기대앉아 옆 사람이 눈살을 찌푸려도 아랑곳하

지 않았습니다. 마치 생각 없이 사는 사람 같았습니다. 결국 옆에 있던 젊은 남자는 기분 나쁜 얼굴로 일어나 문 입구 쪽으로 갔습니다.

지하철을 타고 가다 보면 이런 사람들이 심심찮게 있다는 것이 문제입니다. 대개는 나이 든 사람들이지만 젊은 사람들도 간간이 볼 수 있지요. 이런 행위는 자제해야 함이 마땅합니다. 남에게 눈살을 찌푸리게 하는 것은 자신의 인격을 스스로 깎아내리는 일입니다.

밥 사주고
싶은 독자

작가로서 가끔 '독자들이 내 책을 어떻게 생각할까?' 하는 마음
이 들 때가 있습니다. 내 생각에 공감하는지 궁금해서지요. 독자
들이 돈을 주고 산 책인데 돈이 아깝다는 생각이 들어서는 안 된
다는 것이 내 생각입니다. 베스트셀러가 되면 좋겠지만, 그렇지
않더라도 독자들이 '사길 잘했다'는 생각을 가지면 작가로서 참
고마운 일이니까요. 독자들이 올리는 서평을 보게 될 때가 있습니
다. 책에 대해 좋게 말하면 기분이 참 좋지요. 나쁘게 말할 땐 속
상하기도 합니다. 그러나 나는 그런 것에 너무 신경쓰지 않으려고
합니다. 사람들이란 생각이 저마다 다르고, 좋아하는 것도 다르
고, 취향도 다르다 보니 공감하는 마음도 다를 수가 있으니까요.

그런데 간혹 서평을 보다 보면 작가의 마음을 너무도 잘 이해하는 독자가 있습니다. 한 번도 직접 본 적이 없는데도 마치 가족이나 친지가 된 것처럼 정성스럽게 글을 쓴 것을 보면 가슴이 뭉클해지곤 합니다. '어쩌면 이렇게도 정성을 다해 글을 쓸 수 있을까' 생각하면 그저 한량없이 고맙기 때문이지요. 남의 일을 자기 일처럼 생각해주는 독자를 보면 비록 비싸고 좋은 음식을 사진 못하더라도 따뜻한 한 끼의 밥을 사주고 싶습니다. 누군가에게 고마운 마음이 들게 하는 것은 참 가치 있는 일입니다. 자신의 사랑을 주고 관심을 보여준다는 것은 복된 일이니까요.

SNS의 발달로 자신의 생각을 활발하게 펼쳐 보이는 시대에 우리는 살고 있습니다. 자신의 생각을 말한다는 것은 민주사회에서 매우 바람직하지요. 그런데 안타까운 것은 자신의 생각과 맞지 않으면 무분별하게 공격하고, 심지어는 해서는 안 될 상스러운 말까지 마구 해대곤 합니다. 이는 자신을 욕되게 하는 일이며, 자신과 상관없는 사람의 인격을 훼손시키는 온당하지 못한 일이지요. 살아가기가 그 어느 때보다 힘든 시대입니다. 될 수 있는 한 좋은 말로 용기를 주고 격려해주는 것은 어떨까요. 이런 따뜻한 한마디의 말은 때론 천금을 주는 것보다도 큰 용기와 희망이 됩니다. 그리고 자신에게도 매우 긍정적으로 작용함으로써 자신을 스스로 돕는 일이 되어 줄 테니까요.

존재의 양식

　밥벌이가 되는 글을 쓰다 보니 한동안 시를 쓰지 못했습니다. 시를 쓰지 않아서 그런지 언제부터인가 몸이 뻐근하듯 마음이 답답하고 정신적으로 결핍된 것 같은 느낌을 받았습니다. 그 무엇을 봐도 감흥의 폭이 적고 느낌이 둔감해진 것 같았으니까요. 이러다가는 안 되겠다 싶어 문정희 시인의 시집 『작가의 사랑』을 펼쳐들었습니다. 시집을 사 놓고도 앞부분의 몇 편만 읽고는 책갈피를 끼워둔 채 책상 한구석에 밀어두었지요. 나는 처음부터 기도하는 마음으로 다시 시집을 읽기 시작했습니다. 내가 문정희 시인의 시를 즐겨 읽는 것은 내숭떨지 않는 솔직하고 담담한 시풍이 나와 잘 맞기 때문입니다. 그녀의 시집은 다 소장하고 있습니다.

한 편 한 편 읽어가는 동안 체증으로 인해 답답했던 가슴이 풀리듯 무거웠던 머리가 점점 맑아지는 것을 여실히 느낄 수 있었습니다. 나는 앉은 자리에서 단숨에 시집을 읽었습니다. 역시 이번 시집도 좋았습니다. 무더운 여름날 갈증 난 목을 말끔히 해소시켜주는 시원한 냉수처럼 그녀의 시집은 정신적으로 고갈 난 내 영혼의 비타민이 되어주기에 충분했습니다. 시인은 시를 읽고 쓸 때 가장 행복하고 시인답다는 것을 다시 한 번 깨달은 순간이었습니다.

누군가에게는 돈이 존재의 양식이고, 또 누군가에게는 지위가 존재의 양식이고, 또 다른 누군가에게는 명예가 존재의 양식이듯 시는 나의 존재의 양식입니다. 나는 시를 떠나서는 살 수 없는 존재입니다. 시는 나의 목숨이며, 나의 꿈이며, 나의 사랑입니다. 내게 시가 있다는 것은 행복이며, 시를 쓰는 시인으로 산다는 것은 축복입니다. 오랜 가뭄 끝에 단비가 내리듯 나는 모처럼 〈목숨〉이란 시를 썼습니다. 시를 소개하니 마음으로 한 번 음미해보는 것도 좋을 듯합니다.

밥벌이 되는 글을 쓰다 보니
한동안 시를 쓰지 못했다.

그래서일까,
그 어떤 보이지 않는 무게가 짓눌러대는지
요즘 들어 가슴이 답답하고 숨이 턱까지 차오른다.
이러다간 필히 숨이 멎을 것만 같다.

시는 내 영혼의 푸른 깃발
깃발은 힘차게 펄럭일 때 깃발다운 것
펄럭이지 못하는 깃발은 더 이상 깃발이 아니듯
시를 쓰지 않는 시인은 더 이상 시인일 수 없다.

시가 나를 떠날까 봐 두려워진 나는
새벽 두 시,
연필을 깎아 정결한 마음으로
기도하듯 내 목숨 같은 시를 쓴다.

- 목숨

감동을 선물 받다

몇 해 전, 나는 모기업의 문화센터 평생스쿨 매니저로부터 강연 요청을 받고 여러 차례에 걸쳐 강의를 진행했습니다. 매니저는 매우 상냥하고 친절했습니다. 그냥 지나칠 수 있는 일도 놓치지 않고 세심하게 배려하여 나는 그녀에게 좋은 인상을 받고 매우 흐뭇했습니다. 그러던 어느 날, 나는 그녀로부터 또다시 전화를 받았습니다. 이번에는 직원들을 위한 인문학 강연을 요청하기에 나는 기쁜 마음으로 요청을 수락했습니다. 그녀는 열 군데나 되는 각 지점의 약도는 물론 전철역 및 출구까지 자세히 표시하여 메일을 보내왔습니다. 그것도 노선별로 색깔을 다르게 해서 알아보기 쉽게 배려했습니다. 그녀의 세심하고 친절함에 깊은 감동을 받았습니다.

그해 추석이 되자 누군가가 택배로 떡을 보내 왔습니다. 나는 보낸 사람 이름이 없어 택배에 찍힌 떡집에 전화를 걸어 물어보니 그녀였습니다. 내가 책을 기증한 것에 대해 답례로 보낸 것으로 생각했습니다. 하지만 그런 내 생각은 여지없이 무너지고 말았습니다. 그녀는 설이 되자 이번엔 배를 보내온 것입니다. 그리고 다음 해 추석에도 또 이듬해 설에도 계속해서 선물을 보내왔습니다. 나는 그러지 않아도 된다고 만류했지만 그녀는 지속적으로 보내온 것이지요. 그녀의 행동에 나는 마음 깊이 감동했습니다. 그녀의 아름다운 행동은 아무나 할 수 있는 것이 아닙니다. 그녀이니까 할 수 있는 것이지요.

처음 그녀를 보았을 때 상냥하고 친절한 이미지 그대로 그녀는 자신을 살고 있습니다. 그녀는 휴일이면 궂은 곳도 마다하지 않고 찾아다니며 봉사활동을 합니다. 그녀는 누군가에게 기쁨을 주고, 꿈을 주는 것을 자신이 마땅히 해야 할 일로 알고 행하는 진실로 갸륵하고 아름다운 여성입니다.

삶의 철학자, 농부

가을이 되면 농사를 짓는 사람들에게 골칫거리가 있습니다. 농
산물을 훔쳐가는 도둑들이 극성을 부리기 때문입니다. 고추를 가
을볕에 말리기 위해 마당에 널어놓으면 고양이가 살금살금 다가
와 빨랫줄에 매달아 말린 생선을 훔쳐가듯, 고추를 비롯한 농산물
을 훔쳐가는 일이 비일비재합니다. 농부들이 힘들게 지은 농산물
을 하루아침에 잃는다고 생각하면 그 심정이 오죽할까 싶습니다.

농부는 아무나 하지 못합니다. 성격이 급하고, 게으르고, 참을성
이 없으면 절대 농사를 짓지 못합니다. 농사는 성격이 느긋하고,
부지런하고, 참을성이 있어야 합니다. 그래서 나는 개인적으로 농
부를 하나님 다음으로 높은 사람이라고 생각합니다. 이런 관점에

서 본다면 나는 절대 농사를 지을 수 없는 사람입니다. 글쓰기는 참을성은 있지만, 농부처럼 느긋하고 부지런하지 못하기 때문이지요. 그러니 어찌 농사를 지을 수 있을까요. 농부야말로 삶의 철학자며, 사상가며, 하나님의 본성을 가장 많이 닮은 사람이라고 여겨집니다.

농부들의 피땀 어린 노력의 결실인 농산물을 도둑질하지 말았으면 합니다. 농산물은 농부에게 있어 힘들게 지은 밥이며, 희망이며, 기쁨이며, 보람이니까요.

엉덩이를 걷어차고 싶다

볼일을 마치고 집으로 가는데 어떤 남자가 대낮부터 술에 취해 남의 집 담벼락에 노상방뇨를 하고 있었습니다. 사람들이 지나가는데도 아랑곳하지 않고, 제 할 일을 하는 그의 모습이 그렇게나 뻔뻔해 보일 수가 없었습니다. 나는 남자 망신 다 시키는 그 남자의 펑퍼짐한 엉덩이를 있는 힘껏 걷어차고 싶었습니다.

살다 보면 엉덩이를 걷어차고 싶은 사람들이 많습니다. 차를 몰고 가다 길에다 침을 뱉는 몰지각한 운전기사, 어느 곳에서든 담배를 피우는 사람, 큰 소리로 고성방가를 일삼는 사람, 줄을 맞춰 선 사람들 사이로 틈바구니를 비집고 들어오는 사람, 연신 소음을 일으키고도 그것을 인식하지 못하는 사람, 차선을 걸쳐 주차하는 바람에 다른 차의 주차를 방해하는 몰지각한 사람, 미성년자에게 술과 담배를 파는 사람 등 '나 좋으면 그만'이라는 심보로 남을 생각지 않는 행위를 아무렇지도 않게 하는 사람들은 그가 누구든 간에 엉덩이를 있는 힘껏 걷어차고 싶습니다.

엉덩이를 걷어차고 싶은 사람들이 많다는 것은 그만큼 우리 사회가 성숙하지 못하다는 것을 의미합니다. 성숙한 시민의식을 가진 사람들은 누가 보든 안 보든 상식에서 벗어나는 일을 하지 않습니다. 그것은 스스로 양심을 속이고 더럽히는 일이라는 걸 잘 알기 때문이지요. 그 어떤 것도 남에게 피해를 주는 행위는 절대 해서는 안 됩니다. 그것은 양심이 없는 사람이나 하는 파렴치한 일이니까요.

행복 발전소로서의
본분

　원주에서 서울 가는 고속버스를 타고 가다 '잘되는 교회'라는
간판을 본 적이 있습니다. '잘된다'라는 말은 긍정적이고 생산적
인 말로 듣기에도 좋고 보기에도 좋습니다. 그런데 교회 이름을
잘되는 교회로 한 것은 어떤 의미로 한 것일까요? '신자 수가 많
이 늘어나고, 교회 건물을 크게 짓는 것을 말하는 걸까?' 아니면
'하나님의 뜻에 맞게 교회를 운영하는 것을 말하는 걸까?' 의구심
이 들었습니다.

　목회자의 성공 기준을 신도 수와 교회 예산, 교회 건물의 크기
로 가늠하는 것을 보면 세속적이고 통속적이지 않을 수가 없습니
다. 이는 하나님이 원하는 것이 절대 아니라는 생각이 드는군요.

진실한 교회는 하나님이 원하는 대로 행하는 교회이지요. 어려운 사람들에게 힘이 되어주고, 꿈을 주고, 용기를 주고, 올바른 믿음을 갖게 도와줌으로써 그들이 행복하게 살 수 있도록 하는 것입니다. 그런데 즐거워야 할 믿음 생활이 불편하다면 이는 순전히 목회자의 책임이라고 할 수 있습니다. 하나님의 뜻을 잘 받드는 목회자는 교인들이 바른 믿음 생활을 할 수 있도록 잘 이끕니다. 그렇게 될 때 교인들이 행복한 믿음 생활을 함으로써 교회는 행복 발전소로서의 본분을 다하게 되는 것입니다.

어느 날 동묘역에서

어느 날 6호선으로 갈아타기 위해 동묘역에서 내렸습니다. 그런데 놀라운 것은 할머니와 할아버지들로 지하철 역사엔 공간이라고는 찾아볼 수 없었습니다. 지하철 역사가 어르신들의 만남의 장소였던 것입니다. 나이 들어 딱히 갈 곳이 없는 어르신들은 동병상련同病相憐의 마음으로 동묘 지하철 역사에 모여 시간을 보내는 것이지요. 그런데 내 마음을 아프게 하는 장면을 목격했습니다. 할머니 네 분이 역사의 바닥에 주저앉아 식사를 하고 있었습니다. 많은 사람이 지나다니는 곳이라 먼지가 만만치 않을 터인데, 그런 곳에서도 즐겁게 식사하는 모습이 오히려 내겐 아픔으로 다가왔던 것입니다.

가난을 극복하기 위해 청춘을 불살랐던 어르신들이 있었기에 지금의 우리나라가 존재한다는 것은 다 아는 사실입니다. 그처럼 뜨거웠던 청춘이었는데 나이 들고 보니 집에서나 밖에서도 즐길 만한 공간이 딱히 없습니다. 어른으로서 제대로 대접받지 못하는 것입니다. 선진국 반열에 들었다고 하지만 어르신들에 대한 복지 문화는 여타의 선진국에 비하면 밑바닥 수준에 불과합니다. 지금과 같은 상황에서는 국민소득이 더 높아진다고 한들 별반 다르지 않을 거라는 생각이 드는 것은 왜일까요. 그것은 정부의 복지문화에 대한 의식 수준이 그만큼 미치지 못하기 때문이지요.

날마다 동묘역사로 나오는 어르신들을 위한 공간을 마련해서 그분들이 마음 편히 시간을 보낼 수 있도록 했으면 좋겠습니다. 그것이 젊은 시절 국가를 위해 청춘을 바친 그분들에 대한 최소한의 예의이니까요.

오 래 가 는
행 복

타인에게
의존적인 행복은 무지개와 같습니다.
무지개가 뜰 때
반짝 하다가 지는 것이 아쉽습니다.
오래가는 행복을 얻고 싶다면
자신이 행복한 일을 해야 합니다.

인생이라는 장거리를 여행하기 위해서는
서두르지 말고, 천천히
그러나 흔들리지 않는 마음의 자세가 필요합니다.
앞만 보고 가면 옆이나 뒤에 있는 것들을 볼 수 없어
인생을 넓고 깊게 살지 못합니다.
옆도 보고 뒤도 보고 여유롭게 살핌으로써
지금까지 안 보이던 것들을 보게 되고,
느끼게 되고, 생각하게 되고,
깨닫게 됨으로써 새로운 나를 살아가게 됩니다.

천천히 그러나
흔들리지 않는
나로 살기

나무도 보고
숲도 보는
삶의 발걸음

삶이 급변하면 할수록
우리는 마음의 여유를 잃어서는 안 됩니다.

마음의 여유를 잃다 보면
인간의 본성은 사라지고
동물적 근성만 남게 되기 때문입니다.

삶이 아무리 바삐 돌아가더라도
삶의 발걸음을 한 템포 늦춰
가끔은 나무도 보고 숲도 바라보세요.

빨리 발걸음을 옮긴다고 해서
크게 달라지는 것은 없습니다.
오히려 몸과 마음만 피곤해질 뿐입니다.

그렇습니다.
바쁠수록 돌아가라는 말처럼
마음의 여유를 잃지 않는 것이야말로
삶을 지혜롭게 사는 비결입니다.

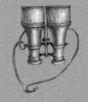

천천히 그러나
흔들리지 않는 나로 살기

인생을 살아간다는 것은 장거리를 여행하는 것과 같습니다. 인생을 여행하다 보면 즐겁고 기쁜 일도 있고, 가슴 벅차도록 행복한 일도 있습니다. 또한 가슴 저미도록 슬픈 일도 있고, 모든 것을 다 포기하고 싶을 만큼 힘들고 어려운 일도 있습니다. 하지만 대개의 사람들은 기쁘고 행복한 일만 있길 바라고, 그런 인생을 살기 위해 무리수를 두기도 하고, 편법을 쓰기도 합니다. 그로 인해 잘못되었을 땐 처절하리만치 대가를 치르게 됩니다.

인생이라는 장거리를 여행하기 위해서는 서두르지 말고, 천천히 그러나 흔들리지 않는 마음의 자세가 필요합니다. 앞만 보고 가면 옆이나 뒤에 있는 것들을 볼 수 없어 인생을 넓고 깊게 살지 못합니다. 옆도 보고 뒤도 보고 여유롭게 살핌으로써 지금까지 안 보이던 것들을 보고, 느끼고, 생각하고, 깨닫게 됨으로써 새로운 나를 살아가게 됩니다. 이에 대해 공자는 다음과 같이 말했습니다.

"등에 무거운 짐을 지고 먼 길을 가는 것이 인생이다. 그러므로 우리의 인생을 급히 서두르지 말고 천천히 가야 한다."

공자의 말은 서두르거나 무리하지 말라는 것이지요.

그렇습니다. 인생은 장거리를 여행하는 것과 같고, 등에 무거운 짐을 지고 먼 길을 가는 것과 같습니다. 자신의 인생을 행복하게 살고 싶다면 마음의 여유를 갖고, 이름 모를 한 포기의 풀도 관심을 갖고 바라보고, 가끔씩 꽃향기도 맡아보고, 졸졸졸 흐르는 시냇물 소리에도 귀 기울여보고, 새들의 지저귐에도 귀 기울여보는 여유를 가져보세요. 그러면 마음이 넉넉하고 풍요로워지면서 행복한 나를 살아가는 데 큰 도움이 될 것입니다.

열정의 나이

　사랑의 연탄은행으로 유명한 원주 밥상공동체의 초청으로 인문학 강연을 했습니다. 사실 강연 초청을 받는 순간 망설임이 일었습니다. 청중들의 평균 연령이 70대였기 때문입니다. 게다가 배움의 정도가 제각각이라 어디에 초점을 맞춰 강연할 것인가를 생각하니 신경 써야 할 부분이 많았기 때문이지요. 하지만 나는 곧 승낙했습니다. 누구나 알아들을 수 있도록 최대한 말을 쉽게 하고, 그분들이 재미있어 하도록 하면 된다는 생각에서지요.

　강연은 4회에 걸쳐 보름 간격으로 진행되었습니다. '청춘, 인문학을 공유하다'라는 주제에 대해 제1강 '나를 찾아서', 제2강 '참행복이란 무엇인가', 제3강 '문학은 삶의 비타민이다', 제4강 '책을 통해 인생을 재발견하다'라는 제목으로 강연을 준비했습니다.

강연회 첫날, 강당을 꽉 채운 어르신들을 보고 나는 놀라움을 금치 못했습니다. 인문학 강연에 이렇게 많은 분들이 참석할 줄 몰랐기 때문이지요. 나는 배운 것 없이 평생을 농사일을 하며 살아오다 72세 때 독학으로 그림을 그리기 시작해 미국의 국민화가로 칭송받는 안나 메리 로버트슨의 창의적이고 생산적인 삶과 99세에 시집을 내어 100만 부나 팔린 기적을 이룬 일본의 시바타 도요 할머니의 감동적이고 열정적인 삶을 이야기하며 나이를 먹어도 자신의 자아를 찾아서 산다는 것은 스스로를 축복하는 행복한 일이라고 강조했습니다. 그리고 청춘은 나이에 상관없이 '지금 이 순간'이라고 말하며 하루하루를 자신을 위해 열정을 다하시라고 말씀드렸습니다. 나를 바라보는 그분들의 눈은 초등학생의 맑은 눈망울처럼 반짝였고, 때때로 큰 박수로 자신들의 감동을 표현해 주셨습니다.

나는 인문학 주제에 맞는 노래를 함께 부르며 첫 번째 강연을 뜨거운 열기 속에서 마쳤습니다. 그동안 중·고등학생, 대학생, 직장인들을 대상으로 했던 그 어떤 강연보다도 더 열정적인 모습을 보여준 어르신들의 모습에 크게 감동했습니다. 뜨거운 마음으로 강당을 나오는데 내 손을 꼭 잡고 "좋은 말씀 감사하다"며 인사하는 어르신들을 보며 참 행복했습니다.

나는 첫 번째 강연의 여세를 몰아 마지막 강연까지 즐겁고 행복한 마음으로 마쳤습니다. 강연을 마칠 때까지 어르신들이 보여준 열정은 한결같았습니다. 어르신들을 통해 다시 한 번 깨달았습니다. 나이는 다만 숫자에 불과하다는 것을. 어르신들은 세월의 흐름에 따라 몸은 늙고 기력은 떨어졌지만, 마음만큼은 여전히 17세 꽃다운 소녀이며 혈기왕성한 소년이었던 것입니다. 열정의 나이는 생물학적 나이를 가리지 않습니다. 꽃 같은 청춘도 열정을 잃으면 청춘이 아닙니다. 하지만 팔십의 어르신도 열정을 잃지 않으면 청춘입니다.

그렇습니다. 열정의 나이는 생물학적 나이와 관계없이 뜨거운 '열정'만 있으면 되니까요.

영원한 동심童心

　권정생 선생이 쓴 동화 『강아지 똥』을 감명 깊게 읽었습니다. 이 동화의 주요 내용은 아무짝에도 쓸모없는 강아지 똥이 빗물에 녹아내려 예쁜 민들레를 피운다는 이야기입니다. 똥 하면 더럽고 냄새나는 것으로 생각하지만, 그는 이 동화를 통해 작고 보잘것없는 것들도 세상에 존재하는 이유는 다 쓸모가 있기 때문이라고 말합니다. 그리고 작고 보잘것없는 것들에게도 따뜻한 눈길을 보내야 한다고 암시합니다.

　대개의 사람들은 높고 멋지고 보기 좋은 것에 관심을 기울입니다. 그리고 그 중심에 서기 위해 안간힘을 씁니다. 모두가 잘나고 잘살기 위한 일에만 골몰하지요. 작고 낮아서 눈에 잘 띄지 않는,

구석진 곳에 있는 것들에겐 눈길조차 주지 않습니다. 모두가 우뚝하고 빛나는 것만 원한다면 이 사회는 기형적인 사회가 되어 잘못된 삶을 살게 될 것입니다. 권정생 선생은 이 점이 너무도 안타까웠던 것이지요. 그는 작은 것이 있어야 큰 것도 있고, 별것도 아닌 것이 있어야 좋은 것이 있다는 것을 일깨우고 싶었던 듯합니다. 그래서 작고 하찮은 것들을 통해 우리가 사는 세상을 아름답게 만들고 싶었던 것이지요. 『강아지 똥』은 이러한 그의 생각을 유감없이 보여준 우리나라 최고의 명작동화입니다.

나는 평소 그의 작품을 좋아함은 물론 그를 존경합니다. 그래서 한번 찾아뵈려고 했는데 그만 기회를 놓치고 말았습니다. 그가 믿고 섬기던 하나님의 부름을 받은 것입니다. 나는 나의 게으름을 자책하며 그가 살았던 안동시 일직면에 있는 옛집을 찾아갔습니다.

집이라기보다는 움막에 가까운 낡고 허름한 거처였습니다. 그곳에서 평생을 병마와 싸우며 글을 썼을 그를 생각하자 가슴이 저며 왔습니다. 그는 10억이 넘는 재산을 두고도 먹는 것도 최소한으로 줄이고, 옷도 기워 입고, 검정고무신을 신고 지냈습니다. 그리고 그 돈을 우리나라 어린이들과 북한 어린이들을 위해 써달라며 유언을 남겼지요. 그는 어린이 마음으로, 어린이 눈빛으로, 어린이의 해맑은 숨결로 동화를 썼습니다. 한 번도 어린이 마음을 버린 적이 없어 그가 쓴 동화는 어린이들에게도 어른들에게도 순결한 마음이 되게 했습니다. 영원한 동심으로 살았던 권정생 선생은 진정한 삶의 가치가 무엇인지를 잘 보여준 이 시대에 참사람이었습니다.

다시 할 수 있다는
희망에 대하여

'다시'라는 말에는 '다시 하고 싶다'는 간절함이 내포되어 있습니다. 그것이 일이든 사랑이든 그 무엇이든 다시 할 수 있다는 것은 축복이지요. 그것은 새로운 희망을 의미하는 것이기 때문입니다. 다시 하고 싶다는 마음을 갖게 되는 것은 깊은 깨달음을 통해 지난날의 사랑이나 사람, 일 등이 얼마나 소중한 것인지를 사무치게 느낌으로써 '지금의 내가 그때의 나였더라면'이라는 간절한 바람을 갖게 되는 까닭이지요.

지인 중 친구에게 사기를 당해 전 재산을 날리고 아내로부터 이혼을 당한 M이라는 사람이 있습니다. 그는 하루아침에 빈털터리가 되고, 가족으로부터 철저하게 외면당하고, 가장 믿었던 친구에게 배신을 당했지요. 그는 극심한 상실감을 안고 평소에 자주 가던 바다로 갔습니다.

모든 것이 싫었습니다. 자신도 가족도 친구도 그 무엇도 다 싫었습니다. 바다에 도착한 그는 포장마차에 들려 술을 마시고 바다를 향해 몸을 날렸습니다. 인명은 재천이라는 말이 있듯 그때 마침 그 광경을 지켜보던 남자가 있었습니다. 그 남자는 물속으로 뛰어들어 M을 구해냈습니다. 남자는 인근에 있는 횟집으로 M을 데리고 갔습니다.

"무슨 일인지는 몰라도 하나뿐인 목숨을 함부로 내던져야 되겠소."

"……."

M은 남자의 말에 말없이 눈물만 흘렸습니다.

"젊은이, 툭 터놓고 내게 말해보시오. 누가 아오. 내가 작은 힘이라도 되어줄 수 있을지."

예순쯤 된 남자는 M에게 술을 따라주며 말했습니다. 인자한 남
자의 말에 M은 그동안 있었던 이야기를 털어놓았지요. 남자는 M의
사정을 듣고 나서 빙그레 웃음을 띤 채 그 또한 지난날 목숨을 끊
으려다 어떤 사람에 의해 구조되고, 그의 도움으로 열심히 일한
끝에 그의 사위가 되었고, 지금은 중소기업 대표로 있다고 말했습
니다. 그리고 자신이 도움을 줄 테니 다시 시작하라고 권유했지요.
M은 그의 주선으로 공장에 취업했습니다. 그러고는 몇 년 동안
몸이 부서져라 열심을 돈을 모아 15톤 덤프트럭을 사서 열심히
일했습니다.

"저 친구 정말 대단해. 마치 신들린 것처럼 일한다니까……."

성실하고 정확한 M은 그곳 사람들에게 보증수표로 통했습니
다. M은 여러 대의 덤프차 사업자가 되었습니다. 아파트도 사고
자가용을 소유한 남부럽지 않은 생활이었지만 늘 가족에 대한 그
리움에 젖었습니다. 이혼 후 8년을 혼자 지내온 그는 전처에게 전
화를 걸어 만나자고 제안했고 만난 자리에서 그동안 있었던 이야
기를 들려주며 다시 시작하고 싶다고 말했습니다.

"당신, 그동안 정말 고생 많이 했네. 난 그런 줄도 모르고…….
미안해. 내가 너무 모질었어."

전처는 눈물을 흘리며 자신의 매정함을 사과했습니다. 전처 또

한 그를 잊지 못하고 있었습니다. 그들은 다시 부부가 되어 안락한 집에서 풍요롭게 살고 있습니다.

M의 인생은 참혹하리만치 혹독한 겨울이었지만 그는 다시 자신의 인생을 따스한 봄으로 되돌려 놓았습니다. M은 가끔씩 지난날의 자신을 되돌아보며 삶의 끈이 느슨해지지 않도록 마음을 살피는 일에 게으름이 없습니다.

"삶의 가장 큰 영예는 넘어지지 않는 것이 아니라, 우리가 넘어질 때마다 다시 일어나는 것이다."

미국의 시인이자 사상가인 랠프 왈도 에머슨이 한 말로 넘어질 때마가 다시 일어설 수 있다는 것이 인생에 있어 얼마나 소중한지를 잘 알게 합니다. 사람은 누구나 잘못을 하고 실수를 합니다. 잘못을 하고 실수를 하니까 사람인 것이지요. 그런데 같은 잘못이나 실수를 해도 M처럼 슬기롭게 극복하는 사람이 있는가 하면, 인생의 패배자가 되어 한 번뿐인 인생을 무참히 마치는 사람도 있습니다. 이처럼 같은 상황에서 어떤 선택을 하느냐는 자신의 인생에서 천금처럼 중요한 것입니다.

가끔씩 자신을 되돌아보며 자정의 시간을 가져야 합니다. 그것은 지금의 자신을 살핌으로써 실수를 줄이고, 더 나은 오늘을 위한 지혜이기 때문이니까요.

사랑의 품격

사랑은
서로를 사랑하는 것으로만 결합되지 않습니다.
사랑에도 존중이 필요합니다.
존중이 함께할 때 사랑은 가치를 지니게 됩니다.
서로의 사랑이 가치를 지닐 수 있도록
서로의 사랑을 존중하십시오.

진실한 삶을
살아야 하는 이유

타이거 우즈는 미국 PGA(프로골프협회)선수로 골프 역사상 가장 뛰어난 선수로 평가받습니다. 그는 흑인과 태국인 어머니 사이에서 태어난 아시아계로서 가장 권위를 인정받는 골프대회 중 하나인 마스터스 토너먼트에서 우승한 최초의 흑인 골프선수이기도 합니다. 또한 우즈는 마스터스 토너먼트, 미국 오픈, 영국 오픈, 미국 프로골프협회 선수권대회 등 4개의 메이저 골프대회에서 연이어 승리를 거둔 최초의 선수입니다.

우즈는 어린 시절 골프 신동이라는 말을 들을 만큼 천부적으로 타고났습니다. 1991년 그의 나이 15세 때 미국 주니어 아마추어 선수권대회에서 최연소로 우승했습니다. 그리고 1992~1993년에도 주니어 아마추어 우승을 차지했지요. 1996년 프로가 된 우주는 발군의 실력으로 각종 신기록을 세우며 승승장구했습니다. 우즈는 12언더파로 토너먼트를 마친 최초의 선수가 되었으며, 1999년 한해 8개의 PGA 토너먼트를 석권한 선수가 되었습니다. 나아가 그랜드슬램을 달성했는데 이로써 우즈는 최연소로 골프 역사상 5번째로 그랜드 슬램을 달성한 선수가 되었습니다.

이밖에도 우즈의 진기록은 수도 없이 많습니다. 그만큼 우즈는 골프 황제로서 손색이 없습니다. 그러나 그는 교통사고를 내고 불륜을 저지르는 등 온당치 못한 사생활로 이혼을 당하고 내리막길을 걸으며 많은 사람들로부터 비난을 받았습니다. 이혼 후 그는 다시 골프채를 잡았지만 예전의 우즈는 어디에도 없는 그렇고 그런 선수로 전락하고 말았습니다.

세계프로복싱에서 가장 화끈한 경기로 권투 팬들을 사로잡았던 헤비급 전 세계 챔피언인 마이크 타이슨. 타이슨은 최연소로 WBC, WBA, IBF 세계 헤비급 챔피언에 오를 만큼 기량이 뛰어났습니다. 특히 그는 핵주먹으로 불릴 만큼 주먹의 강도가 강했습니다.

타이슨은 다른 헤비급 선수에 비해 키가 작고 몸무게도 가벼운 편이었는데도 그의 주먹은 무쇠였습니다. 그는 자신과 시합을 벌인 선수들을 대개 1, 2회전에 통쾌한 KO승으로 경기를 끝냈습니다. 그 어느 선수에게서도 볼 수 없는 화끈한 경기를 펼쳤던 것이지요. 복싱팬들은 타이슨의 전광석화와 같은 강편치에 쓰러지는 선수들을 보며 그에게 열광했습니다.

어린 나이에 인기를 한 몸에 받고 천문학적인 돈을 벌어들이자 그는 돌출행동을 일삼기 시작했습니다. 주먹을 휘두르고, 성폭력을 일삼는 등 그의 사생활은 언론에 집중 보도되었고, 그는 성폭행으로 3년간 감옥에 갇혔습니다. 감옥에서 나온 그는 예전의 그가 아니었습니다. 무명의 제임스 더글러스에게 KO패를 당하고, 엔바더 홀리필드와의 경기에서 귀를 물어뜯는 추태를 부림으로써 선수자격을 박탈당했습니다. 그 후 그는 여러 차례 시합을 벌였으나 연속으로 패함으로써 2006년에 은퇴했습니다. 그는 많은 돈을 벌었음에도 2003년에는 파산을 선언했습니다.

타이거 우즈와 마이크 타이슨은 공통점이 있습니다. 첫째, 그들은 천부적인 재능을 가진 뛰어난 선수라는 점이지요. 그들이 지닌 재능은 돈으로는 살 수 없는 것으로 어린 나이에 두각을 나타내었으며 자신의 분야에서 최고의 선수가 되었습니다. 둘째, 그들은 사생활에 문제가 많았습니다. 그들은 교통사고를 내고 여자문제가 복잡했습니다. 그리고 그 일로 인해 둘 다 치명적인 결과를 맞았다는 것이지요.

우즈와 타이슨의 뛰어난 재능도 결국 자신들이 벌인 무질서한 삶으로 인해 제 기능을 상실하고 말았습니다. 우즈와 타이슨의 경우에서 보듯 아무리 훌륭한 재능으로 인생 최고의 자리에 오른다고 해도 삶이 진실하지 않으면 반드시 그 대가를 치르게 됩니다. 어떤 경우에도 진실을 망각해서는 안 됩니다. 그것은 자신의 인생을 파멸시키는 부정적인 일이니까요.

세상은 넓고 남자는 많다

어느 날 한 통의 메일을 받았습니다. 보낸 사람은 스물두 살 된 여대생 L이었습니다. 그녀는 『20대, 고민 없는 청춘은 어디에도 없다』라는 내 책을 보고 메일을 보낸다고 했습니다. 메일 내용을 보고 L의 안타까운 현실에 마음이 매우 착잡했습니다.

L에게는 남자친구가 있는데, 남자친구는 툭하면 돈을 달라고 했답니다. L은 집이 시골이라 서울에서 자취를 했는데, 집에서 보내온 용돈을 대부분 남자친구에게 주고 자신은 아르바이트를 하며 생활비와 용돈을 번다고 했습니다. 집에서는 아르바이트를 하지 말고 공부에 열중하라고 매달 돈을 보내준 것인데, 그 돈은 고스란히 남자친구에게로 돌아간 것입니다.

L의 남자친구는 돈을 주면 며칠 동안은 잘해주다가도 슬그머니 사라져 온갖 이유를 대며 바쁘다고 말할 뿐 잘 만나주지도 않고, 어쩌다 만나면 밥만 먹고 곧바로 헤어진다고 했습니다. 그래도 L은 자신이 좋아하는 남자친구라 바쁘다는 그의 말을 믿은 것이지요. 그런데 얼마 전부터 자꾸만 돈을 해달라고 독촉을 한다고 했습니다. L은 더 이상의 돈은 힘들다고 말하니 그가 막 화를 내고는 연락도 안하고 전화도 안 받는다고 했습니다. L은 남자친구랑 헤어질까도 생각했는데, 도저히 그가 없으면 안 될 것 같다며 어찌하면 좋은지 내게 길을 알려달라고 메일을 보낸 것이었습니다.

L의 메일을 보고 마음이 참 착잡했습니다. 내 마음도 이런데 그녀는 얼마나 속상한지 짐작이 되었지요. L의 물음에 대해 결론적으로 말하면 그 남자친구와는 헤어지는 것이 맞습니다. 사랑하는 친구 사이에 돈을 줄 수도 있지요. 그러나 L의 남자친구는 정도가 너무 지나칩니다. L의 남자친구는 여자친구를 자신의 용돈을 대주는 사람쯤으로 알고 있는 것 같았습니다. 말하자면 L을 여자친구로 대하는 척하면서 자신의 필요한 것을 취하는 마음이 바르지 못한 사람이었지요. L이 집에서 오는 돈을 자신에게 주고 아르바이트로 생활비를 버는 것을 알고도 돈을 요구하고, 또 돈을 받아가면 잠깐 잘하다가 곧이어 만나주지도 않는다는 점이 그것을

말해줍니다. 지금 이 상태로 계속 가다가는 앞으로는 걷잡을 수 없이 더 힘들게 할 것이 눈에 보였습니다.

'남자친구는 당신을 이용하는 것이 분명하니 이참에 친구관계를 끊는 것이 L의 미래를 위해서도 바람직할 것 같군요. 그런 사람은 나이가 들어도 계속 나쁜 버릇을 고치지 못합니다. 그런 사람들을 많이 봐왔기에 하는 말이에요. 당신의 마음을 냉정하게 할 필요가 있어요. 지금이 바로 그 시점이에요. 지금은 속이 상하고 못 견디겠지만 남자친구와 헤어지고, 앞날의 자신을 위해 시간과 돈을 투자하기 바랍니다. 세상은 넓고 남자는 많습니다. L의 앞날을 준비하다 보면 당신을 진심으로 사랑하고 행복하게 해주는 남자친구를 만나게 될 겁니다. 현명한 선택을 하길 바랍니다. 당신의 앞날에 아침햇살 같은 밝은 사랑과 행복이 함께하길 응원할게요.'

L의 미래를 위해 나는 남자친구와 헤어지라고 답장을 보냈다. 나는 그 길만이 지금의 마음의 감옥에서 벗어나는 길이라고 생각했다. 그리고 며칠 후 L로부터 메일이 왔다. 자신에게 용기를 준 것에 대해 감사하며, 힘들지만 남자친구를 잊겠다고 했다. 나는 L의 선택에 앞으로 좋은 남자친구를 만나게 될 거라며 위로와 격려의 메시지를 보내주었다.

L과 같은 비슷한 문제로 고민한다면 상대방과 과감하게 절교하

라. 그것이 자신을 위해서 현명한 선택이기 때문이다. 다시 한 번 말하지만 세상은 넓고 남자는 많다. 그중엔 진정으로 당신을 사랑하고 행복을 함께하는 남자가 있다. 세상을 넓고 깊게 보는 눈을 길러야 한다.

택배 할아버지의
그림자

지하철을 타고 가는데 동대문역에서 지하철이 멈추자 머리가 하얀 할아버지가 10개나 되는 짐 보따리를 양어깨에 걸치고 지하철에 올랐습니다. 할아버지는 힘에 겨운지 숨을 크게 몰아쉬고도 연신 깊은 숨을 몰아쉬었습니다. 잠시 숨을 몰아쉬던 할아버지는 경로석이 있는 곳으로 가서 앉지도 못하고 한쪽 구석에 서 있었습니다. 경로석엔 비어있는 자리가 없었습니다. 할아버지는 휴지를 꺼내더니 이마에 맺힌 땀을 닦아냈습니다. 할아버지는 택배를 하는 분이었습니다. 얼핏 보기에 일흔이 훨씬 넘어 보였습니다. 그런데 그 많은 짐 보따리를 들고 배달을 하다니, 순간 나는 마음이 저렸습니다. 편히 노년을 보내야 할 나이에 젊은 사람도 힘겨워할

짐 보따리를 들고 배달한다는 것은 삶이 그만큼 녹록하지 않다는 방증이니까요. 물론 경제적 여유가 있는데도 일을 하는 노인들도 있습니다. 그러나 그것은 어디까지나 극히 일부분에 해당할 뿐 많은 노인들이 노후대책의 일환으로 일을 하는 것입니다.

자식들을 가르치고 결혼을 시키고 나면 남는 건 늙은 몸뚱어리가 고작이라고 하는 분들이 많습니다. 그런데도 자식들에게 손 벌리지 않고, 의식주를 해결하려고 이리 뛰고 저리 뛰고 한다는 것은 부모니까 할 수 있는 일이지요. 집 장만하랴, 아이들 교육비대랴 자식들의 삶이 팍팍하다는 것을 잘 알기 때문입니다. 산다는 것은 마치 치열한 전쟁과 같다는 생각이 들었습니다. 젊은 시절에는 젊은 시절대로, 나이 들어서는 나이 든 대로 치열하다 못해 숨이 턱턱 막히니까요. 노년의 삶의 여유는 있는 자들에게나 어울리는 허울 좋은 말일 뿐, 언젠가 텔레비전에서 본 노인이 "죽지 못해 산다"고 했던 말이 무리가 아님을 곳곳에서 목격하게 되는 현실이 마음을 아프게 합니다.

　나는 약속 장소로 가기 위해 시청역에서 내렸습니다. 할아버지는 그때까지도 자리에 앉지도 못하고 그 자리에 붙박이처럼 서 있었습니다. 할아버지의 등 뒤로 우울한 그림자가 짙게 깔려있었습니다. 우리나라 노인들의 실상을 보는 것 같아 씁쓸한 기분을 떨칠 수 없어 약속 장소로 가는 내내 마음이 무거웠습니다.

잠자리야,
잘 버텨주어 고맙다

　비가 내리는 날 베란다에 나갔다 우연히 에어컨 실외기 한쪽 측
면 움푹한 곳에 매달려 있는 잠자리를 보았습니다. 비에 젖지 않
으려는 듯 다소곳이 접은 날개가 바람에 파르르 떨렸습니다. 그
모습을 보고 있으려니 마음이 저려왔습니다. 작고 여린 몸으로 비
를 피하기 위한 몸짓이 너무나도 안쓰러웠기 때문입니다. 비는 그
런 잠자리의 마음도 모른 채 더욱 줄기차게 퍼부었고, 거기다 바
람은 왜 그리도 심술 사납게 구는지 방에 들어와서도 마음이 쓰여
나는 자리에서 일어나 베란다로 다시 나가 보았습니다. 놀랍게도
잠자리는 자세 하나 흐트러뜨리지 않은 채 그대로 있었습니다. 그
모습에 내 입에서는 나도 모르게 감탄이 흘러나왔습니다. 나는 인

간의 입장에서 잠자리가 가엽다고만 생각했던 것입니다. 자연의 신비에 그저 감탄이 절로 났습니다. 한낱 잠자리 같은 미물도 생존 앞에서는 결사적으로 자신의 목숨을 지켜내고 있었던 것입니다. 그 후로도 여러 차례 베란다로 나가 보았지만 잠자리는 요지부동이었습니다.

"잠자리야, 잘 버텨주어 고맙다. 곧 비가 그칠 거야. 그러면 맘껏 하늘을 날아라. 그 어떤 천적에게도 잡히지 말고 주어진 네 목숨이 다 할 때까지 활기차게 살아가거라."

나는 잠자리에게 이렇게 말하고는 방으로 들어왔습니다. 살아 있는 것들은 모두 다 제 방식대로 살아갑니다. 그것이 자연의 축복이며 순리인 것입니다. 이런 자연의 축복과 순리를 잘 지키며 사는 것이야말로 떳떳한 삶이며 자신에게 주어진 의무인 것입니다.

가을밤,
바이올린
연주를 듣다

가을밤 길을 걷는데 어디선가
어둠을 뚫고 바이올린 소리가 들려왔습니다.

발길 멈추고 서서 가만히 귀 기울이니
소리가 새처럼 날아와 귓전에 살포시 내려앉습니다.

순간, 가슴에 잠자던 오래전 서정이
기지개를 켜듯 되살아나 기억 저편으로 나를 이끕니다.

가난했지만 꿈이 있다는 것만으로도
가슴 부풀던 그 시절 그 노래가 손을 내밀어
삶에 지쳐있던 나의 야윈 손을 꼭 잡아줍니다.

뜨거운 그 무엇이 머리부터 발끝까지
짜르르 경련을 일으키며 온몸에 퍼져 오르자
무겁던 가슴이 녹아내리듯 환하게 가벼워옵니다.

힘껏 심호흡을 한 뒤 멈추었던 길을 다시 걷는데
그 시절 그 노래가 이팝나무 꽃잎이 되어
발걸음 걸음마다 하늘하늘 떨어져 쌓입니다.

카테리니행 기차는 8시에 떠나가네

7월 밤은 깊어 가는데 비는 더욱 세차게 내립니다. 갑자기 그리스 국민작곡가인 미키스 테오도라키스^{Mikis Theodorakis}가 작곡하고, 아그네스 발차^{Agnes Baltsa}가 불렀던 '카테리니행 기차는 8시에 떠나가네^{To Treno Fevgi Stis Okto}'가 듣고 싶어졌습니다. 나는 오디오에 CD를 걸고 플레이 버튼을 눌렀습니다. 바이올린과 부주키 선율을 타고 흐느끼듯 음악이 흐릅니다. 가슴에 저며 드는 애잔한 선율이 7월 밤을 적십니다.

레지스탕스인 사랑하는 남자와 함께 카테리니로 가기 위해 저녁 8시 기차 플랫폼에서 남자를 기다리는 여자, 그러나 남자는 동료들을 배신하고 떠날 수 없어 사랑하는 여자를 숨어서 지켜보는 모습은 가슴을 먹먹하게 했고, 끝내는 눈물짓게 했습니다. 기차는 떠났지만 오지 않는 남자를 하염없이 기다리는 여자의 가련함이 어찌나 가슴을 절절하게 하던지, 나는 젖은 눈으로 듣고 또 듣기를 반복했습니다.

 '카테리니행 기차는 8시에 떠나가네'의 남자와 여자처럼 운명적으로 다가오는 아픈 사랑은 인간의 영역을 벗어나는 일이라 어떻게 할 수는 없지만, 사랑하는 이를 가슴 아프게 하는 일은 없어야 합니다. 자신이 할 수 있는 한 사랑하는 이를 아낌없이 사랑해야 합니다. 그것은 곧 자신을 위하는 일이며, 자신의 사랑을 보상받는 일이니까요.

사랑은 인간을
배신하지 않는다

인간의 삶에서 사랑을 빼곤 인생을 말할 수 없습니다. 사랑은 인간의 삶을 이루는 중심축이며 영원한 화두이니까요. 동서고금을 통해 사랑이 인간의 모든 것의 핵심을 이루어 왔다는 사실만을 보더라도 사랑의 중요성을 알 수 있습니다.

예수그리스도는 인간을 구원하기 위해 십자가에 못 박히는 선택을 했습니다. 그것은 인간에게 참된 사랑을 가르쳐주기 위한 위대한 사랑의 실천이었습니다. 예수그리스도의 사랑이 빛나는 것은 자신을 헌신함으로써 모든 사람에게 사랑을 심어주었다는 데 있지요.

사랑은 세상의 모든 것입니다. 나는 일찍이 예수그리스도의 사랑을 확신하고, 그 사랑에 의지해 나를 키워왔습니다. 그러는 가운데 사랑은 나에게 겸손과 믿음, 용서, 침묵과 칭찬에 대해 가르쳐주었습니다. 나는 사랑을 통해 깨우친 것들을 하나씩 실천에 옮기고자 나름대로 노력해오고 있습니다. 하지만 늘 부족함을 느끼지 않을 수 없음을 고백합니다. 아직도 사랑에 대한 나의 믿음이 부족하기 때문이라고 생각합니다. 그래도 나는 사랑에 대한 나의 노력을 멈추지 않으려고 합니다. 부족한 것을 채우기 위해 더욱 노력하고, 사랑의 본질을 잃지 않기 위해 겸허하게 나를 살펴야겠다고 스스로 다짐하곤 합니다.

나는 사랑을 믿습니다. 인간은 사랑을 배신하지만, 사랑은 인간을 절대 배신하지 않는다는 것을. 사랑은 믿음입니다. 믿음을 주는 사랑, 우리에게는 그 사랑이 필요합니다. 믿음을 주는 사랑, 그 사랑이 최고의 사랑입니다.

단비 같은 사람

살아가면서 누군가에게 힘이 되어주고, 꿈이 되어주고, 용기를 주고, 삶의 의미가 되는 삶을 산다는 것은 자신은 물론 상대에게도 참으로 행복한 일입니다. 이처럼 산다는 것은 생산적이고 능률적인 삶이니까요. 그러나 남에게 짐이 되고, 부담을 주고, 분위기를 끌어내리는 삶을 산다면 이는 비생산적이며 비능률적인 삶이지요. 이런 삶은 자신에게도 주변 사람들에게도 전혀 도움이 되지 않습니다.

무더운 여름날 땅은 메말라 마른 먼지가 풀풀 나고, 사람들도 나무들도 꽃들도 지쳐 축 늘어져 있을 때 내리는 한줄기 비는 무더위를 식히기에는 아주 안성맞춤이지요. 아주 오래전 일이 생각나는군요. 초등학교 4학년 때로 기억이 되는데 그해 여름 매우 가

물었습니다. 대지는 발갛게 타들어 가고 논과 밭은 노랗게 변해 그야말로 위급한 상황이었습니다. 그러던 어느 날 비가 내리기 시작했습니다. 그때 사람들은 창문을 열고 비 내리는 모습을 영화 보듯 바라보았습니다. 나를 비롯한 아이들은 밖으로 뛰쳐나가 내리는 비를 온몸으로 맞으며 즐거워했었지요. 그때 내리던 비는 그야말로 단비였습니다.

사람도 마찬가지입니다. 누군가가 앉아 편히 쉴 수 있는 안락한 의자 같은 사람, 누군가의 인생에 무더운 한여름 낮 시원하게 내리는 단비 같은 사람, 그런 사람이 되어야 합니다. 단비 같은 사람은 그 누구에게나 꼭 필요한 사람이니까요.

사랑하는 사람이
특별한 이유

사랑하는 사람은 아주 특별한 사람입니다. 지구상에 있는 75억 인구 중 단 한 사람인 만큼 어찌 특별하지 않을 수 있을까요. 사랑하는 사람은 태어나기 전부터 이미 나와는 하나의 사랑이었습니다. 이미 예정된 만남을 안고 태어난 사람이라는 것이지요. 그래서 사랑하는 사람은 나의 목숨이며, 나의 꿈이며, 나의 우주이며, 나의 노래이며, 나의 기쁨이며, 나의 소망이며, 나의 빛나는 찬란한 별입니다.

사랑하는 사람을 소중히 여겨야 하는 까닭이 여기에 있는 것입니다. 그런데 사랑하는 사람을 소홀히 하거나, 무시하거나, 업신여기거나, 함부로 한다면 그것은 자신을 모독하는 일이며 소중한 사랑에 대한 배신행위와 같습니다.

"진정한 사랑의 불가결한 조건은 희생적인 헌신, 남의 행복을 제 것인 양 추구하는 것이다."

뒤파유의 말에서 보듯 진정한 사랑은 사랑하는 이를 위해 희생할 줄 알아야 하고, 사랑하는 이의 행복을 자신의 것처럼 추구할 줄 알아야 합니다. 그렇습니다. 사랑하는 사람은 내 인생에 소중한 가치를 지닌 특별한 사람인만큼 최선의 마음으로 사랑하고, 아껴주고, 배려하고, 기쁨을 주고, 웃음을 주고 그리하여 최고로 행복하게 해 주어야 합니다.

사랑하는 사람이 있다는 것에 감사하세요. 아무리 보석으로 치장하고, 아무리 멋진 저택에서 산다 한들 사랑하는 사람이 없다면 그것은 진정한 행복이라고 할 수 없습니다. 그것은 반쪽짜리 행복이지요. 온전한 행복은 사랑하는 사람과 함께 만들어가는 아름다운 동행인 것입니다.

그 사람을 빛나게 하는
진정성의 미학

진정성 있는 사람을 보면 그 사람을 다시 보게 됩니다. 진정성 있는 사람은 믿음이 가고 신뢰가 가기 때문이지요. 진정성은 사람이라면 반드시 갖춰야 할 마인드이자 사람들과 소통하는 데 있어 중요한 요소이지요. 그런 까닭에 진정성 있는 사람은 어디를 가든 환영받고, 누구를 만나든 친밀감을 보입니다.

개인적으로 개그맨 김병만 씨는 방송에서 볼 때마다 참 다부지고 진성성이 넘치는 사람이라는 생각이 듭니다. 그는 마치 '진정성의 교본'과도 같은 사람이니까요. 자그마한 키, 다부진 몸, 평범한 얼굴은 흔히 연예인으로서의 갖게 되는 선입견과는 좀 거리가 멀게 느껴지지만 그에게는 어느 연예인도 범접할 수 없는 그만의 장기가 빛납니다. 그는 KBS 〈개그콘서트〉의 '달인'이라는 코너에서 갖가지 묘기를 보이며 시청자들을 놀라게 함으로써 연예인으로서 두각을 나타내기 시작했습니다. 그가 보여준 연기는 연기가 아니라 묘기에 가까웠지요. 완벽한 연기를 보여주기 위해 그가 들인 노력은 가히 눈물겹습니다. 거듭되는 실수와 부상에도 끊임없이 반복함으로써 연기의 완성도를 높였기에 시청자들은 그의 열정에 감동했고, 그는 자신만의 브랜드 가치를 지닌 연예인으로 우뚝 섰습니다.

이후 그는 그의 재능과 연기의 진정성을 알아본 SBS 제작진에 의해 〈정글의 법칙〉의 주인공으로 발탁되었고, 2011년부터 지금까지 인기리에 방송되고 있습니다. 이 프로그램이 오랫동안 시청자들로부터 사랑받는 데에는 그 중심에 그가 있기 때문이지요. 그는 족장으로서 새롭게 바뀌는 출연진들 그 누구와도 친밀하고 일체감 있게 프로그램을 이끌어갔습니다. 오지에서 인간이 맞닥뜨리게 되는 극한 상황에서도 지치지 않는 열정과 도전정신으로 극복해내는 모습은 드라마에서는 볼 수 없는 리얼리티의 진수를 한껏 드러내었지요. 극한 상황에서 그가 보여주는 지혜로운 생존 방식은 놀라움 그 자체입니다.

그는 연기를 위해 수많은 자격증을 취득했고, 남극체험을 비롯해 화성을 탐사하는 우주인으로서 갖춰야 할 훈련과정을 무난하게 해냈으며, 수만 피트 상공의 비행기에서 낙하를 하는가 하면, 경비행기를 조정하는 등 연예 외적인 일도 성공적으로 잘해낼 수 있겠다는 굳은 믿음을 보여주었습니다. 특히 SBS〈집사부일체〉라는 프로그램에서 그가 비행기 조종사 자격증을 따기 위해 들인 노력을 듣고 큰 감동을 받았습니다. 그는 조종사 자격증을 따기 위해 영어로 된 어려운 용어를 익히고, 비행기에 대한 전반적인 상식과 비행술에 관한 공부를 했습니다. 한 마디로 그는 '도전의 아이콘'이자 사람이 마음만 먹으면 그 어떤 것도 해낼 수 있다는 자신감을 심어주는 '자신감 교과서'와 같은 사람입니다.

그렇다면 '김병만이 천부적인 재능을 가진 사람인가?' 하면 그렇지 않습니다. 그는 개그맨이 되기 위해 낯선 땅 서울로 왔습니다. 그에게 가진 것이라곤 달랑 30만 원이 전부였지요. 그는 아르바이트를 하며 연극에 단역으로 출연한 후 7년을 극단의 자질구레한 일을 하며 무명생활을 견뎌냈습니다. 그는 KBS의 개그맨 시험에 응시했지만 3번이나 떨어졌고, MBC의 개그맨 시험에서도 4번이나 떨어졌습니다. 그뿐만이 아닙니다. 그는 백제예술대에 3번, 서울예대에 6번이나 떨어졌습니다. 김병만은 하는 일마다 번번이 실패의 아픔을 겪었습니다. 그는 너무 고통스러워 나쁜 마음도 먹었다고 합니다. 그러나 그는 포기하지 않고 꿈을 이루기 위해서는 더한 고통도 감수하기로 결심했습니다. 그는 당장 먹고 자는 문제도 힘들었지만 악착같이 버티며 기회를 엿보았습니다. 그러자 '지성이면 감천'이라는 말처럼 그에게 드디어 기회가 왔지요. 그는 2002년 KBS 17기 개그맨 공채에 합격했습니다. 하지만 기쁨도 잠깐 무명생활은 여전했습니다. 무대울렁증이 그의 발목을 잡았던 것입니다. 잘 외웠던 대사도, 연습할 땐 잘했던 연기도 무대에만 서면 실수 연발이었지요. 그러다 보니 기회는 점점 멀어졌습니다.

그러나 그는 좌절하지 않고 어려울수록 더욱 강해졌습니다. 자신의 부족한 점을 채울 수 있는 가장 좋은 방법은 오직 피나는 연습이라는 걸 잘 알았기에 그는 미친 듯이 연습에 몰두하였지요. 그의 머릿속엔 언제나 '연습'이라는 글자가 파노라마 되어 지나갔습니다. 그는 한시도 연습을 놓지 않았습니다. 그러는 가운데 고질적인 무대울렁증이 사라졌고 자신감이 붙었습니다. 자신의 최악의 단점을 극복한 그는 마침내 자신만의 진면목을 보여줄 수 있는 기회를 잡았고, 지금에 이른 것이지요.

"우리는 여러 가치관이 병존하는 시대에 살고 있다. 자신의 가치관을 살리기 위해서는 공기인간이 되어야 한다. 공기처럼 가볍고 어떤 곳도 파고들 수 있는, 누구에게나 꼭 필요한 것을 갖추고 있는 사람이 되어야 한다."

이는 유대인 랍비이자 『탈무드』의 저자인 마빈 토케이어가 한 말입니다. 이 말을 보면 우리가 어떻게 살아가야 하는지를 분명하게 보여줍니다. 김병만은 마빈 토케이어의 말처럼 어떤 출연진들과도 잘 호흡하며, 그 어떤 위기에서도 빛을 발합니다. 마치 그는 누구에게나 필요하고, 어디든지 스며드는 공기 같은 사람이지요. 자신이 원하는 일을 성공적으로 해내고 싶다면 김병만이 그랬듯이 진정성 있게 자신을 갈고닦아야 합니다. 그리고 아무리 힘들고 어렵더라도 참고 끝까지 해내야 합니다. 그렇게 할 때 진정성은 빛을 발하게 되지요. 매사를 진정성 있게 행하는 품성을 갖는다는 것, 그것이야말로 자신의 인생을 풍요롭게 하는 비책입니다. 왜냐하면 진정성은 인생을 빛나게 하는 삶의 미학이기 때문입니다.

사 랑 하 는
이 의
눈 을 보 면

그 어느 햇살이 이보다 더 밝을까요.
그 어느 하늘이 이보다 더 푸를까요.
그 어느 강물이 이보다 더 맑을까요.
그 어느 꽃이 이보다 더 환할까요.
그 어느 세월이
한 번이라도 이보다 더 진실할 수 있을까요.
사랑하는 이의 눈을 보면
한없이 맑아지는 사랑이 됩니다.

사랑받을 자격

    사랑도 사랑받을 자격을 충분히 갖추어야 합니다. 아무리 사랑을 주고 싶어도, 사랑할 마음이 생기지 않으면 사랑을 주고 싶지 않으니까요. 사랑하는 이에게 사랑을 받으려면 사랑하고 싶게 만들어야 합니다. 가령 여성이 얼굴은 예쁜데 성격이 너무 까칠하거나 수시로 변덕을 부리면 사랑하고 싶은 마음이 들다가도 이내 시들고 맙니다. 그런 행동들이 사랑하고 싶은 마음에 제동을 걸기 때문이지요. 또한 남성이 제멋대로 군다거나 배려심이 부족하면 상대 여성이 사랑을 주려다 멈추고 맙니다. 상대로부터 사랑받기를 바란다면 상대가 사랑하고 싶은 마음이 들게 해야 합니다.

    어떤 여성이 있습니다. 이 여성은 미모에 좋은 직장에서 근무하는 골드미스입니다. 그러던 어느 날 여성의 직장 선배 소개로 남자를 만났습니다. 둘은 여러 차례에 걸쳐 만났지만 더는 만남을 이어가지 못한 채 끝내고 말았습니다. 남자는 자상하고 세심한 데 비해, 여성은 까칠한데다가 지나친 결벽증으로 인해 남자에게 좋은 인상을 주지 못했기 때문입니다. 남자는 사랑할 준비가 되어 있었지만, 여성은 그렇지 못했던 것이지요.

그렇습니다. 아무리 사랑하고 싶고 사랑을 주고 싶어도 상대가 그런 마음을 가시게 하면 그 사랑은 깨지고 맙니다. 사랑하고 싶고 사랑받고 싶다면 자격을 갖추어야 합니다. 이에 대해 벤저민 프랭클린은 이렇게 말했습니다.

"사랑받고 싶다면 사랑하라. 그리고 사랑스럽게 행동하라."

아주 정확한 지적이라고 할 수 있습니다. 사랑받고 싶다면 자신이 먼저 사랑하고, 사랑받게끔 행동해야 합니다. 사랑은 아무리 강조해도 부족합니다.

　사랑은 인간이 가장 인간답게 살 수 있는 권리인 동시에 의무입니다. 아낌없이 사랑하고, 다시는 못할 것처럼 사랑하고 사랑하십시오.

"사랑받고 싶다면 사랑하라. 그리고 사랑스럽게 행동하라."
- 벤저민 프랭클린

출세하셨습니다

어느 날 한 통의 전화를 받았습니다. 『교육과 사색』이라는 교육 잡지를 발행하는 교육타임스 편집장의 원고청탁 전화였습니다. '명언으로 읽는 100명의 인생철학'이란 부제를 단 『명언의 탄생』이란 내 책을 보고 내용이 좋아서 2년 동안 연재를 했으면 한다고 했습니다. 그는 책을 쓰기 위해 많은 품이 들었을 거라며 이런저런 말을 동원하여 민망해지도록 극찬했습니다. 그러고는 2013년 '작은 것의 의미 그 소중함에 대하여'라는 내 원고를 잡지에 실었는데 참 좋았다며 덧붙여 말했습니다. 나는 교육잡지인 만큼 흔쾌히 청탁을 수락했습니다. 그는 수락해줘서 고맙다고 말하며 사는 곳이 어디냐고 물었습니다. 강원도 원주라고 하니, "시골에서 출세하셨습니다"라고 말했습니다. 그의 말에 웃음이 났습니다. 출세했다는 말이 왜 그처럼 생소하게 들리던지요.

사실 나는 한 번도 출세했다는 생각을 해본 적이 없습니다. 출세란 성공의 의미를 담고 있어 나는 성공했다고 생각하지 않기 때문이지요. 대개의 사람들은 성공했다고 하면 많은 부富를 축적한 것으로 인식합니다. 물질만능주의 사회인만큼 어쩔 수 없는 현상이라고 해도 쓸쓸한 생각이 듭니다. 이런 관점에서 본다면 나는 돈을 못 버는 사람이니 성공하고는 거리가 멀다고 생각합니다.

그러나 편집장이 말했듯이 출세했다는 생각엔 그리 거부감이 일지 않았습니다. 출세出世란 '세상에 이름을 내다'란 의미이니까요. 나는 작가로서 지금까지 150여 권의 책을 냈습니다. '김옥림'이라는 내 이름이 책에 버젓이 새겨져 있고, 때때로 신문이나 텔레비전에 이름이 오르내리니 이름을 세상에 알린 것만큼은 분명하기 때문입니다. 하지만 나는 출세니 성공이니 하는 단어가 아직까진 낯설고 멀게만 느껴집니다. 솔직히 나도 출세다운 출세를 하고 성공하고 싶습니다. 그러나 아직까진 나에게 성공이란 반가운 '인생의 손님'이 손을 잡아주지 않는군요. 머잖아 내게도 분명 성공이란 인생의 손님이 기쁘게 손을 잡아 주리라 믿습니다.

　나에게는 꿈이 있습니다. 그것은 많은 사람에게 '꿈을 주는 사람'이 되는 것입니다. 지금 나는 그 일에 매진하고 있습니다. 지금보다 더 많은 사람에게, 더 많은 꿈을 주고 용기를 주고 싶습니다. 그렇게 되었을 때 비로소 "출세하셨습니다"라는 편집장의 말을 기꺼이 기쁨으로 받아들일 것입니다.

나에게는 꿈이 있습니다.
많은 사람에게 '꿈을 주는 사람'이 되는 것입니다.
지금보다 더 많은 사람에게, 더 많은 꿈을 주고 용기를 주고 싶습니다.

사랑의 본질을 잃은 사랑

　영국의 대표적 낭만파 시인이자 서정 시극 『프로메테우스의 해
방』과 『아도네이스』를 비롯해 서정시 『종달새에게』로 유명한 셸
리는 다음과 같이 말했습니다.

　"어디서나 기만과 위장과 살인과 독약과 위증과 배반이 있다.
그러나 단 하나 순수한 것이 있으니 그것은 깨끗한 인간성 속에
깃들어 있는 우리의 사랑뿐이다."

　이 말의 핵심은 사람이 사는 세상에는 위장과 배반과 독약과 기
만이 있기 마련인데 사랑만큼은 이 모든 것으로부터 떨어져 있고
깨끗한 인간성 속에 깃들어 있다는 것입니다. 그러니 사랑이란 그
얼마나 거룩하고 깨끗하고 높고 의로운 것인지를 알 수 있습니다.

그런데 어떤 이들은 사랑을 일회성 놀이쯤으로 여기는 경향이 있습니다. 그들은 이렇게 말하곤 합니다.

"사랑은 움직이는 거야, 사랑은 즐기는 거야, 그러니 맘껏 사랑을 즐기자."

이런 사랑은 책임이 따르지 않습니다. 오로지 사랑을 즐기고 노는 게임처럼 여깁니다. 이런 사랑은 사랑의 본질은 없고 오직 성적 쾌락만 있을 뿐입니다. 그러다 보니 사랑에 대한 책임도 없고, 사랑하는 이에 대한 예의도 없습니다.

사랑의 본질을 잃은 사랑은 절대 하지 마십시오. 그런 사랑엔 독이 들어 있습니다. 그래서 평생을 후회할 수도 있으니까요.

빵집, 그 여자, 그 미소

지인의 집을 방문하는 길에 케이크를 사기 위해 빵집에 들렀습니다. 빵집 문을 열고 들어가자 고소한 빵 냄새가 온몸을 휘감았습니다. 그 감미롭고 짜릿한 냄새가 어찌나 좋은지 나는 연신 심호흡을 했습니다. 잘 정돈되어 있는 갖가지 빵들이 입맛을 자극했습니다. 보는 것만으로도 충분히 눈요기가 되었지요. 나는 진열장에 잘 정돈된 케이크를 보며 어떤 걸 살까 잠시 망설이는데 "제가 골라 드릴까요?" 하는 맑고 밝은 여자의 목소리가 등 뒤에서 들렸습니다. 내가 뒤돌아보자 삼십 대 중반쯤 돼 보이는 여자가 미소를 지으며 다가왔습니다. 고른 치열은 불빛을 받아 마치 진주처럼 빛났습니다.

"저 케이크는 전체가 생크림인가요?"

나는 오렌지와 체리 등의 과일로 장식된 케이크를 가리키며 말했습니다.

"네, 생크림인데 아주 부드럽고 맛이 좋습니다. 과일도 함께 먹으면 한결 생크림 맛을 느낄 수 있지요."

여자는 미소를 띤 채 말했습니다. 여자의 말에 나는 대뜸 그 케이크로 달라고 했습니다. 케이크를 싸는 여자의 모습이 프랑스의 대표적 야수파 화가 앙리 마티스^{Henri Matisse}의 그림 '튤립과 여인' 속의 여자와 같이 매우 단정하고 깔끔했습니다. 나는 잘 정돈된 빵 가게가 여자를 닮았다고 생각했습니다. 주인의 손길이 닿아있으니까요.

"어디 좋은 데 가시나 봐요."

여자가 계산을 하며 말했습니다.

"네, 지인 집에 가는 길입니다."

"즐거운 시간 보내세요."

여자가 거스름돈을 건네며 말했습니다. 여자는 미소가 참 예뻤습니다. 자꾸 보고 싶게 만드는 미소였거든요.

"네, 고맙습니다. 많이 파세요."

나는 이렇게 말하며 빵 가게를 나왔습니다. 지인의 집에 가는 내내 안녕히 가라는 여자의 목소리가 귀 끝에 매달려 방울새 소리처럼 울렸습니다. 사람을 기분 좋게 한다는 것은 가게를 하는 사람으로서는 바람직한 자세지만, 그녀의 모습에선 빵집 주인으로서가 아닌 인품이 잘 갖춰진 한 사람의 풍모를 엿볼 수 있어 오래도록 흐뭇한 마음이었습니다.

재료의 99%가
열정입니다

원주 시내 문화의 거리를 걷다 '여황제 칼국수집'이라는 특이한 간판을 보게 되었습니다. 상호도 특이한데다 가게 앞에 써 붙인 현수막의 문구가 눈길을 확 잡아끌었습니다.

'저희 집 재료는 99%가 열정입니다.'

재료의 99%가 열정이라니……. 저런 문구로라도 진심을 알리려는 주인의 의도를 의심 없이 믿기로 했습니다. 사람들 중엔 진정성을 빙자해 교묘히 상술에 적용시키는 이들도 있지만 진정성을 가진 양심적인 사람도 있는 법이니까요. 대한민국 어딜 가나 다 똑같은 간판들 '원조 장충동 족발, 원조 춘천 막국수' 등 도무지 헷갈리는 세상입니다. 그래서일까, 상호 앞에 원조라는 말이

들어간 가게는 왠지 믿음이 가지 않습니다.

지금 나는 몸을 재정비 중입니다. 몹시 추웠던 지난겨울을 지내고 난 후 내 몸에서는 연신 삐거덕 소리가 끊이질 않습니다. 운동이 보약보다 좋다는 걸 알면서도 게으름 탓에 겨우내 가동을 멈춘 대가가 그대로 나타난 것이지요. 내 마음 또한 많이 느슨해져 있음을 느낍니다. 그래서 몸도 맘도 새롭게 충전하여 더 건강한 몸을 만들고 새봄, 그 환한 봄빛처럼 빛나는 작품을 써야겠다고 하늘을 우러러 다짐했습니다. 그리고 이렇게 소리쳤습니다.

"내 작품의 99%는 열정입니다."

그렇습니다. 자신이 바라는 것을 이루고 싶다면 그것이 무엇이든 열정을 쏟아야 합니다. 열정 없인 그 어떤 것도 할 수 없으니까요. 몸과 마음을 열정으로 가득 채우십시오. 열정은 참 좋은 성공의 에너지입니다.

탐스러운
대추나무

내가 사는 아파트 옆으로 골목이 길게 뻗어있고 골목을 따라 처마가 낮은 단독주택들이 줄지어 늘어서 있습니다. 산책을 하거나 신시가지를 가려면 그 골목길을 지나야 합니다. 골목을 걸어가다 보면 대추나무를 비롯한 밤나무 등 과일나무도 있고, 작은 텃밭도 있어 마치 잘 정돈된 시골길을 걷는 듯한 착각이 일곤 합니다.

어느 가을 날, 골목을 걸어가는데 저 만치에 있는 대추나무가 반짝반짝 엷은 빛을 뿜어댔습니다. '무슨 일인가?' 하여 가까이 갔더니 알이 굵은 탐스런 대추들이 대추나무 가지가 쳐질 만큼 주렁주렁 달려있었고 햇살을 받아 기름을 바른 것처럼 윤기가 자르르 했습니다. 그 윤기가 햇살에 반사되어 마치 빛이 반짝이는 것처럼 보였던 것입니다. 대추알이 얼마나 탐스러운지 나는 발갛게 물든 대추 한 알을 따서 입으로 가져가 깨물었습니다. 순간 달콤한 대추물이 배어났습니다. 자연이 만든 달콤함이 어찌나 상큼한지 입 안에 달콤한 향이 가득 퍼졌습니다.

　나는 스마트폰으로 대추나무를 찍었습니다. 스마트폰 화면 가득 탱글탱글한 대추알이 보는 것만으로도 마음을 풍요롭게 했습니다. 나는 혼자보기가 아까워 지인에게 메시지로 보냈더니, 이내 "굿!"이라는 감탄의 답이 날아왔습니다. 지인 또한 실한 대추열매가 너무 탐스러웠던 것이지요. 대추가 내게 풍족한 마음을 주었듯이 우리 또한 누군가에게 기쁨을 주고 위안이 되어야 합니다. 누군가가 나와 함께 하는 것만으로도 기분 좋은 삶이어야 합니다. 왜일까요? 그것은 곧 자신을 기쁘게 하는 일이자 스스로에게 행복을 선물하는 일이니까요.

성의 없는
음식을 먹다

어느 날 명동에 갔다가 콩나물국밥 집에 갔습니다. 잠시 후 음식이 나왔는데 매우 실망스러웠습니다. 반찬이 허술할 뿐만 아니라 밥도 반 공기가 겨우 담겨있었거든요. 불쾌한 마음에 '이걸 음식이라고 돈을 받고 팔다니' 하는 생각이 들었습니다. 나는 밥을 먹는 둥 마는 둥 하고는 밖으로 나왔습니다. 대한민국 수도인 서울 한복판에서 성의 없는 음식을 먹었다고 생각하니, 마치 못 먹을 것을 먹은 것처럼 기분이 꺼림칙했습니다.

이처럼 정성을 들이지 않고 음식을 파는 사람들이 더러 있습니다. 사람들이 시간에 쫓겨 바쁘게 움직이는 역이나 버스터미널 식당 중에 그런 음식점을 종종 볼 수 있습니다. 이는 대단히 잘못된 생각이 아닐 수 없습니다. '음식은 정성'이라는 말이 있습니다. 정성이 담긴 음식은 곧 그 음식을 파는 주인의 마음과 같습니다. 그런데 음식을 그렇게 성의 없이 판다면, 자신을 스스로 성의 없는 사람으로 인식시키는 것과 같지요. 고객을 가족처럼 생각하는 마음으로 음식을 팔아야 합니다. 그것은 곧 자신을 위하는 일이며, 자신이 잘되는 일이니까요.

꽃잎

바람에 흔들리는 꽃잎을 보면
잊혀져간 사랑이 그리워집니다.

살아 있는 모든 것들은 잊혀지고 또다시
생각으로 남겨지는 것,
봄바람에 등 기대고 서서 먼 하늘을 쳐다보면
잊혀져간 사랑이 찾아 올 것만 같아
하루 종일 추억의 끝자리에 앉아
눈을 떼지 못합니다.

잊혀져간 꽃잎 같은 사랑이여,
오늘은 그 사랑을 만나 잊혀져간
사랑의 전설을 다시 쓰고 싶습니다.

지금부터 내 인생을
살기로 했다

몇 해 전, 어느 독자의 메일을 한 통 받았습니다. 그는 명문 대학을 다니다 군에 입대하여 군복무를 마치고 복학을 준비 중이라고 했습니다. 그런데 지금 공부하는 학과는 자신의 적성과 전혀 맞지 않다고 했습니다. 자신이 진짜 하고 싶은 공부는 따로 있는데, 어머니의 강력한 권유로 할 수 없이 그 학과에 지원해 다니고 있다는 것입니다. 막상 복학을 하려고 하니 죽기보다 싫은데 어떻게 하면 좋을지 내게 조언을 해 달라고 했습니다.

나는 메일을 읽고 그가 매우 절박한 상황에 놓여있다는 것을 알았습니다. 그랬기에 그를 위해 더 많은 생각을 했고, 장문의 답장을 써서 보냈습니다.

"나는 A군이 그동안 어머니의 뜻에 따라 원치 않는 공부를 했다는 것만으로도 충분히 자식으로서의 도리를 했다고 생각합니다. 군 복무를 마친 지금은 그 어느 때보다도 신중해야 합니다. 남은 공부를 마치고 나면 곧바로 사회에 진출해 한 인격체로서 자신의 삶을 살아가야 하는 아주 중요한 시기이기 때문입니다.

자신이 하고 싶은 것을 어머니 때문에 못 한다면, 평생을 두고 후회할 일을 자초하게 될지도 모릅니다. 만일 하고 싶은 것이 따로 있다고 어머니께 말씀드렸을 때 어머니와의 마찰로 마음고생을 심하게 할지도 모르지요. 그러나 먼 인생을 살아가기 위해서는 어떻게 해서라도 어머니를 설득해야 합니다. 물론 어머니가 쉽게 허락하지 않을 것입니다. 그렇지만 지금부터라도 내가 원하는 인생을 살고 싶다면 그렇게 해야 합니다. 그것이 참다운 자신의 인생을 사는 최선의 지혜이기 때문입니다.

부디 어머니와의 문제를 잘 해결하여 반드시 A군이 원하는 인생을 살아가길 응원합니다."

그로부터 1년이 지난 어느 날, 어머니와의 문제로 많은 어려움이 있었지만 결국 어머니가 자신의 뜻을 받아들여 지금은 아주 즐겁게 공부하며 미래를 준비하고 있다는 그의 답장을 받았습니다.

그리고 용기를 주어 감사하다고 했습니다.

참 뿌듯했습니다. 누군가에게 용기를 주고, 작은 힘이라도 되어 주었다는 것에 참으로 감사했던 기억이 새롭습니다.

내가 진정으로 원하는 인생을 산다는 것은 청춘이든, 중년이든, 노년이든 그 누구에게나 가치 있는 일이며 행복하고 즐거운 일입니다. 자신의 인생을 성공적으로 살고 은퇴 후 자신이 진정 원하는 일을 함으로써 더더욱 인생을 가치 있고 행복하게 살아가는 이들이 있습니다.

현대경영학의 권위자인 피터 드러커는 75세의 늦은 나이에 정년을 맞아 『자본주의 이후의 세계』, 『방관자의 모험』 등 100여 권이 넘는 책을 집필했습니다. 그는 아흔여섯 해를 사는 동안 "60세 이후 30여 년 동안이 내 인생의 황금기였다"고 말했습니다. 피터 드러커가 은퇴 후 100여 권이 넘는 책을 썼다는 것은 그가 진정으로 원하는 일이었기 때문에 가능했습니다.

〈티파니에서 아침을〉, 〈전쟁과 평화〉, 〈로마의 휴일〉 등 수많은 영화에서 열연을 펼치며 세기의 연인으로 사랑받은 오드리 헵번은 1999년 미국영화연구소가 선정한 '지난 100년 동안 가장 위대한 100명의 스타' 중에서도 여성 배우 3위에 올랐습니다. 그녀의 삶이 아름답고 고귀한 것은 영화배우로서 이룬 업적이 아닙니다.

그녀가 영화배우의 직을 내려놓고 나서 실천한 행보에 있습니다. 그녀는 유니세프 홍보대사로 활동하며 아프리카, 아시아, 남미 등지에서 헌신적으로 자신의 후반부 인생을 보냈습니다. 더구나 암에 걸린 상황에서도 그녀는 헌신을 멈추지 않았고 자신의 목숨이 다할 때까지 자신의 인생에 헌신했지요.

오드리 헵번이 화려한 은막의 세기적인 배우로서 헐벗고 굶주린 어린이들을 위해 헌신할 수 있었던 것은 생명의 존엄성을 누구보다도 잘 알았기 때문입니다. 그리고 무엇보다 그녀가 제2의 인생을 그처럼 살기를 원했던 일이기도 했으니까요. 오드리 헵번이 많은 사람들에게 기억되고 존경받는 것은 세계 영화사에 두고두고 남을 명배우이기도 하지만, 봉사활동에 그녀의 마지막 인생을 아낌없이 바쳤기 때문입니다.

한국인 최초로 유럽 무대에 선 메조소프라노 김청자 역시 한국과 독일에서 성악가 교수로 활발히 활동하며 성악가로 성공함은 물론 교수로서도 수많은 제자들을 길러냈습니다. 무엇보다도 그녀의 삶이 의미 있는 것은 1963년 간호보조원으로 독일에 가서 어려운 환경 속에서도 음악을 공부해 성악가가 되었으며 교수가 되었다는 것이지요. 그리고 은퇴 후 자신의 전 재산을 갖고 아프리카 말라위에 '루수빌로 뮤직센터'를 설립했습니다. 그녀는 이곳에서 가난한 아이들과 주민들에게 음악을 가르치며 행복을 심어 주고 있습니다. 뿐만 아니라 청소년지원센터를 건립해 공부와 운동, 그림 그리기 등 아이들이 할 수 있는 것이라면 무엇이든 지원하고 있습니다.

그녀가 고국을 떠나 그것도 열사의 땅인 아프리카로 간 이유는 무엇일까요. 그녀는 환갑을 맞이하여 은퇴 후에 어떻게 살지에 대해 곰곰이 생각해 보았습니다. 그리고 2005년 아프리카를 여행하며 이곳에 자신의 남은 열정을 쏟기로 결심했습니다. 그녀는 은퇴 후 자신의 결심을 실행에 옮기기 위해 말라위로 갔고 그곳에서 아이들에게 음악을 가르쳐 불과 3년이 채 안 된 가운데서도 전국대회에서 1등을 차지하는 쾌거를 이루어냈습니다. 그녀는 이곳 아이들을 한국의 대학에 보내 그들이 좋은 환경 속에서 공부할 수 있도록 돕고 있습니다. 그녀의 헌신적인 삶에 감동한 사람들은 그녀를 돕기 위해 적극 후원하고 있다고 합니다.

피터 드러커, 오드리 헵번, 김청자는 자신의 인생을 성공적으로 살았지만 은퇴 후 더 가치 있고 행복한 삶을 살았고, 지금도 살고 있습니다. 이들이 이처럼 인생을 멋지게 살 수 있는 비결은 정말 자신이 원하는 인생을 살고 있기 때문입니다. 이들에게 있어 인생의 핵심 키워드는 한마디로 '지금부터 내 인생을 살기로 했다!'입니다.

그렇습니다. 이들이야말로 진정한 자신의 인생의 주인공이었습니다. 사람은 누구나 자신의 인생을 살 수 있습니다. 그 방법에 대해 미국의 작가 파크 벤저민은 이렇게 말합니다.

"삶의 주인공이 되어라. 영원히 이어지는 눈길 위에 발자국을 남겨라. 칠흑 같은 어둠이 장막을 뚫고 환한 밝음으로 가는 길을 개척하라."

이 말에서 보듯 누구나 인생의 주인공이 될 수 있습니다. 내게 자신의 진로에 대해 조언을 구했던 A군 같은 청춘이든, 중년이든, 노년이든 그 누구든 상관없습니다. 지금부터라도 내가 진정으로 하고 싶은 내 인생을 사는 당신이 되길 바랍니다. 그것이야말로 자신을 위한 가장 행복하고 축복된 일이니까요.

내 생애 가장 아름다운 순간을 느끼고 싶다면
진실로 사랑하는 이를 사랑하십시오.
그래서 탐욕도 미움도 시기도 없는
아름답고 찬란한 순간을 경험해보세요.
그것을 경험하는 순간 자신이 세상에서 가장
행복한 사람이라는 걸 알게 될 테니까요.

CHAPTER 4

내 생애
가장 아름다운
순간

사랑받는 모란 앵무새

  부천역에서 재미있는 광경을 보게 되었습니다. 일흔쯤 되어 보이는 어르신이 입에 먹이를 물고 있으면, 참새보다 조금 더 큰 노란 털을 한 예쁘장한 새가 먹이를 쪼아 먹었습니다. 그런데 신기한 것은 어르신의 팔과 어깨, 손, 머리 등을 자유롭게 오가며 마치 제 놀이터인 양 톡톡 뛰어놀았습니다. 옆에 사람들이 있어도 눈길 한번 안 주고 어르신과 한 몸이 된 것처럼 구는 모습이 여간 귀여운 게 아니었습니다. 더욱이 나를 놀라게 한 것은 어르신이 이름을 부르면 마치 제 이름을 아는 것처럼 "삐르르, 삐르르르"하며 대꾸를 했습니다. 나는 "우연이겠지"라고 생각했지만, 그냥 있다가도 어르신이 제 이름을 부를 때만 대꾸를 하는 것입니다. 그 작

214

은 새가 제 이름을 기억하고 어르신과 교감을 하다니 참 신기했습니다.

"어르신, 이 새 종류가 뭡니까?"

나는 무슨 새인지 궁금증에 물었습니다.

"모란 앵무샙니다."

"모란 앵무새요? 참 신기하네요, 제 이름을 부를 때마다 대꾸하다니. 제 이름을 안다는 것이네요."

"그럼요. 제 이름을 알지요. 그런데 다른 사람이 제 이름을 부르면 절대 대꾸를 안 해요."

어르신은 자신의 새가 자랑스럽고 예뻐 신이 나서 말했습니다.

"그렇군요. 이처럼 작은 새도 주인을 알아보다니."

나는 너무도 신기했습니다. 그 작은 새도 아는 것입니다. 주인이 자기를 예뻐한다는 것을. 한낱 미물에 불과한 새도 자기를 예뻐하면 그 사람을 믿고 따릅니다. 그런데 만물의 영장인 사람 중엔 자신에게 은혜를 베푼 사람을 배신하고 마음에 상처를 주는 일이 비일비재합니다.

인간이란 것이 부끄러울 때가 많다는 것은 인간의 도리를 잘 행하지 않는다는 것이지요. 사람은 사람답게 살아야 합니다. 그렇게 하지 않는다면 그것은 스스로 사람임을 포기하는 것과 같으니까요.

두려워하지 말고
적극 대처하기

  어린 시절 자전거를 배울 때 일이 생각납니다. 내가 자전거를
처음 배웠을 때는 초등학교 5학년 때로 기억합니다. 그때 나는 어
른들이 타는 커다란 자전거를 짧은 다리로 끙끙대며 배웠습니다.
커다란 자전거는 작은 키의 어린이가 배우기엔 그리 만만치가 않
았지요. 하지만 나는 기를 쓰고 배웠습니다. 먼저 배운 친구들이
멋지게 타는 모습을 보니 도저히 자존심이 상해 그냥 있을 수가
없었거든요. 처음 얼마간은 뜻대로 되지 않았습니다. 생각 같아서
는 잘될 것 같았는데 막상 해보니 그게 아니었습니다. 연신 커다
란 자전거와 넘어졌습니다. 내 모습을 가만히 지켜보던 이웃에 사
는 중학교 2학년 형이 말했습니다.

"옥림아, 겁먹지 마. 겁을 먹으니까 자꾸 넘어지는 거야. 넘어지는 것을 겁내면 배울 수 없어."

형의 말은 매우 정확했습니다. 사실 난 자전거를 배우려는 의욕은 대단했지만, 자전거와 몇 번 넘어지고 나니 은근히 두려웠거든요. 그런데 그 형은 나의 약점을 잡아낸 것입니다.

"내가 잡아 줄 테니까, 겁먹지 마. 중심부터 잡는 연습을 하는 거야."

형은 이렇게 말하며 나를 안심시켰습니다. 내 뒤에 형이 있다는 생각을 하자 두려웠던 마음이 점차 없어졌습니다. 그렇게 수도 없이 반복한 끝에 나는 비로소 중심을 잡을 수 있었습니다. 중심을 잡게 되자 아무것도 아니었습니다. 그러고는 올라타는 연습을 했습니다. 자신 있게 하자 놀라운 속도로 올라타게 되었지요. 그것도 짧은 다리로 말입니다. 드디어 자전거 타기의 도전은 끝났습니다. 그 후 나는 나보다 먼저 배운 친구들보다도 더 빨리 달렸습니다.

난 그때 알았습니다. 넘어지는 것을 두려워하면 아무것도 얻을 수 없다는 것을. 그리고 두려움을 이기는 방법은 적극적으로 대처하는 것뿐이라는 것을.

눈물은 어떻게
단련되는가

인생의 쓴맛을 본 사람은 눈물을 두려워하지 않습니다. 고통과 아픔 속에서 충분히 눈물을 흘려봤기 때문이지요. 하지만 인생의 고통과 아픔을 제대로 겪어보지 않은 사람은 눈물을 두려워하지요. 왜 그럴까요. 고통과 아픔이 찾아오는 것을 두려워하기 때문입니다. 눈물을 제대로 흘려본 사람만이 인생의 가치를 제대로 알 수 있습니다. 그 눈물은 그냥 눈물이 아니라 자기 삶의 일부이며, 때론 전부이기 때문이지요. 이런 까닭에 눈물은 고통과 아픔 속에서 더욱 단단하게 단련됩니다. 그런데 고통과 아픔이 힘들다고 피하려고 한다면 진정한 인생의 가치를 안다는 것은 요원할 수밖에 없습니다.

힘들어도 내 인생, 슬퍼도 내 인생입니다. 누가 대신 내 인생을 살아주지 않습니다. 그렇다면 눈물을 두려워하지 마세요. 눈물을 흘리면서 끝까지 버티고 나가야 합니다. 그러는 가운데 물질이 주지 못하는 인생의 가치를 선물 받게 되고, 때에 따라서는 물질도 따라온답니다. 눈물을 더욱 단단하게 단련시켜야 합니다. 그것이 눈물을 이기는 최선의 법칙이며 자신의 인생을 가치 있게 만드는 최상의 지혜랍니다.

그 어떤 것도
의미 없는 것은 없다

이 세상에 존재하는 살아있는 생물이나 돌이나 철과 같은 무생물은 다 존재하는 이유가 있습니다. 존재한다는 것은 필요하기 때문이고, 그런 까닭에 의미를 지니는 것입니다. 그런데 이런 사실을 망각하고 자신에게나 남에게 함부로 구는 사람들이 있습니다. 그것은 스스로 존재의 이유와 의미를 깎아내리는 어리석은 행위이지요. 이런 사람들에게서 볼 수 있는 뚜렷한 공통점은 '자존감'이 낮다는 것입니다. 자존감은 스스로를 존귀하게 여기는 자기애自己愛의 근본입니다. 자기애가 강하면 자기 긍정이 강하게 작용하기 때문에 어떤 일에도 자신감이 넘치지요. 이에 대해 미국의 심리학자이자 근대 심리학의 창시자로 불리는 윌리엄 제임스는 자존감에 대해 이렇게 말했습니다.

"자존감이란 자신이 사랑받을 만한 가치가 있는 소중한 존재이고 어떤 성과를 이루어낼 만한 유능한 사람이라고 믿는 마음이다."

참으로 적확한 말이 아닐 수 없습니다. 이런 이유로 자존감이 높은 사람은 어떤 일에서든 '의미'를 중요하게 생각합니다. 그것은 곧 자기에 대한 사랑이자 의무라고 생각하기 때문입니다. 또한 자기를 사랑하듯 타인에 대한 배려심이 좋습니다. 하지만 자존감이 낮은 사람은 매사에 대충대충 넘기는 것을 아무렇지도 않게 생각하기 때문에 '의미'에 대한 애착이 없습니다. 이는 자신에게 매우 부정적인 일입니다. 이런 마음의 함정에서 헤어나기 위해서는 자존감을 길러야 합니다. 자존감을 기르게 되면 내일의 하늘은 오늘보다 더 높고 푸르게 빛날 것입니다.

그렇습니다. 그 어떤 것도 의미 없는 것은 없듯 그 어떤 인생도 의미 없는 인생은 없습니다. 자신을 의미 있는 인생이 되게 하는 것, 그것이야말로 참다운 행복입니다.

마음을 바꾸면
날마다 천국이다

사람들 마음속에는 천국과 지옥이 늘 함께합니다. 기분 상태에 따라 천국이 되기도 하고 지옥이 되기도 하고, 가지고 싶은 것을 갖게 될 때와 그러지 못할 때도 천국이 되기도 하고 지옥이 되기도 합니다. 무엇이든지 자신이 만족하느냐 만족하지 못하느냐에 따라 천국이 되고 지옥이 되는 것이지요.

자신이 무엇 때문에 속이 상하고 마음이 불편하다면 속을 끓이지 말고 긍정적으로 마음을 바꿔보세요. 그러면 속상하고 불편한 마음에서 벗어날 수 있습니다. 물론 쉽지는 않지요. 하지만 자꾸 그렇게 하다 보면 자신도 모르는 순간 변해 있는 자신을 발견하게 될 거예요.

그렇습니다. 무엇이든지 마음먹기에 달렸습니다. 내가 천국의 마음으로 사느냐 지옥의 마음으로 사느냐도 결국은 마음먹기에 달린 것이니까요.

바람 부는 날,
세상은 악기가 된다

바람이 부는 날은 갖가지 것들이 내는 소리로 세상이 온통 시끄럽습니다. 바람이 세게라도 부는 날이면 그 요란함은 더해집니다. 덜컹덜컹 창문 흔들리는 소리, 각종 음료수 캔들이 굴러가며 내는 소리, 전신주의 윙윙대는 소리, 바람 소리에 짖어대는 동네 개들 짖는 소리, 쌩쌩거리는 바람 소리 등 온 세상은 저마다의 소리로 가득차지요. 한마디로 소리의 향연이 질펀하게 벌어지는 것입니다.

세상의 모든 것들은 저마다의 소리를 갖고 있습니다. 마찬가지로 사람들에겐 저마다의 악기가 있지요. 그런데 많은 사람이 자신의 악기를 제대로 연주하지 못합니다. 그저 남의 악기만 쳐다보고, 흉내를 내려고 합니다. 이런 사람은 늘 남의 악기만 흉내 내다가 많니다. 여기서 악기란 자신만의 개성과 재능을 말하지요.

자신만의 악기로 자기답게 연주를 하며 사는 것처럼 행복한 일
은 없습니다. 누구나 자신만의 악기로 연주하며 살 때 우리 사회
는 더욱더 가치 있는 사회, 창의적이고 생산적인 사회, 활력이 넘
치고 꿈을 이루는 행복한 사회가 될 것입니다.

정이 넘치던
그리운 크리스마스

크리스마스에 보름달이 뜨는 것은 행운을 주는 달이라고 해서 '럭키 문Lucky Moon'이라고 하지요. 나는 크리스마스 분위기를 느껴보고 싶어 집을 나와 시내로 산책하듯 천천히 걸어갔습니다. 걸어가는 동안 '오늘이 크리스마스가 맞나' 하는 생각이 들 만큼 캐럴도 들리지 않았고, 화려하게 수놓은 크리스마스 장식도 눈에 띄지 않았습니다. 가난했던 시절에도 크리스마스에는 거리마다 캐럴이 울려 퍼졌고, 사람들의 온기로 따뜻함이 넘쳐흘렀지요. 그런데 그 시절 따스했던 사람들의 온기와 크리스마스의 평온함을 전혀 느낄 수 없었습니다.

경제적으로는 급성장했지만 그만큼 사람들의 감성은 메마르고 거칠어졌습니다. 사람과 사람 사이를 따스하게 맺어주던 끈끈한 정 또한 희석되었지요. 그러다 보니 거리의 불빛은 화려해지고, 사람들의 옷차림은 고급스러워졌지만, 예전의 그 따뜻하던 온유함을 느낄 수 없는 것입니다. 너무도 삭막한 마음에 나는 천천히 걸어서 집으로 돌아왔습니다. 집에 들어와서도 아쉬움을 좀처럼 떨칠 수가 없었지요. 정이 살아있는 크리스마스, 꿈이 살아있는 크리스마스, 인간미가 넘실대던 예전의 크리스마스를 느껴보고 싶습니다.

인간은 누구나
평등하다

    동서양을 막론하고 성공적인 삶을 살다 떠난 사람들이나 현재의 삶을 사는 사람들의 공통점은 자신의 삶뿐만 아니라, 국가와 인류를 위해 봉사하는 삶을 살았고, 살고 있다는 것입니다. 그들은 무슨 일을 시작할 때마다 이 일이 국가와 인류에게 어떤 유익함을 줄 수 있을 것인가를 먼저 생각했고, 그러고 나서 자신의 삶을 생각했던 것입니다. 이렇게 철저한 자기희생 내지는 봉사 정신이 결국은 그들의 삶을 성공으로 이끌었던 것입니다.

    "나는 하나의 절실한 소원이 있다. 그것은 내가 이 세상에 태어난 까닭에 조금이라도 세상일이 좋게 되어 간다는 것을 볼 때까지 살고 싶다는 것이다."

이는 미국 역사상 가장 위대한 대통령이자, 가장 위대한 실천가인 에이브러햄 링컨^{Abraham Lincoln}이 한 말로 그의 철학과 사상을 잘 알 수 있습니다.

링컨은 언제나 조국을 먼저 생각했고, 국민을 생각했습니다. 그래서 그의 가슴엔 늘 절실한 소원이 있었습니다. 그것은 자신이 세상에 태어난 까닭은 조금이라도 세상일이 잘되는 데 자신이 일조하는 것이고, 좋은 세상이 되어가는 모습을 볼 수 있을 때까지 살고 싶다는 것이었습니다. 이렇듯 뜨거운 사명감을 품고 있던 링컨은 철저한 휴머니스트 정신으로 노예 해방을 끌어냈습니다. 그래서 '인간은 누구나 평등하다'는 절대적 가치를 온 세계에 알렸습니다.

자기 자신 외에 남을 위해 산다는 것, 그것은 자기희생이 없이는 할 수 없는 일입니다. 그러기에 꽃보다 아름답고 향기로운 일인 것입니다.

삶

삶을
산다고 생각하지만
삶은 살아지는 것입니다.

그래서 언제, 어느 때
그 사람의 인생이 바뀔지 모릅니다.

삶 앞에
겸손하고 열심을 다할 때
인생의 양지에 있는
자신을 발견하게 될 것입니다.

사람이
사람인 까닭은

"아무리 노력해도 사람은 좋은 일만 하기란 어려운 일이다. 그러나 사람은 누구든지 조금이라도 좋은 일을 하고 나면 좀 더 좋은 일을 하고 싶어 하는 법이다."

이는 유교의 창시자인 공자의 말입니다. 사람들은 "마음먹은 대로 살 수 있다면 얼마나 좋을까" 하고 말합니다. 이런 마음은 사람이라면 누구든지 할 수 있는 생각이고 또 그렇게 되길 소망합니다. 그러나 인생이란 자신이 그려 놓은 인생의 계획표대로만 살아지는 것은 아닙니다. 인생은 오늘과 내일이 다르고 내일과 또 그 내일이 다를 수 있습니다. 그렇지만 인생이란 희망을 그리워하고, 그 희망을 좇아가기에 지금이란 현실을 살아가는 것입니다. 그런데 이러한 삶에서 아무리 노력해도 좋은 일만 할 수 없는 것이 또한 인생입니다. 그러나 공자는 노력해도 좋은 일만 할 수 없다고 힘들어하는 이들에게 '사람이란 조금이라도 좋은 일을 하고 나면 좀 더 좋은 일을 하고 싶어 하는 법'이라고 말합니다.

그렇습니다. 힘들어도 좋은 일을 하고 나면 더 좋은 일을 하고 싶어진답니다. 좋은 일이 얼마나 자신을 보람되게 하는지를 잘 아는 까닭이지요. 그래서 힘들어도 좋은 일은 꼭 해야 하는 것입니다.

홀로
밥 먹는 사람들

1인 가구의 수가 나날이 증가하고 있습니다. 우리나라 1인 가구 비율은 전체 가구의 25%라고 합니다. 네 가구 중 한 가구가 1인 가구이지요. 인구수로는 약 500만 명에 이르며, 1인 가구의 수는 매년 증가세를 보일 거라고 합니다. 홀로 밥 먹는 사람들이 날로 늘어나는 현상은 비애감을 느끼게 합니다. 하지만 이를 비관적으로만 생각해서는 안 될 것입니다. 시대적인 현상이므로 자연스럽게 받아들이는 것이 좋겠습니다.

혼자 식당에 가기를 꺼리는 1인 가구를 위한 식당도 늘고 있고, 마트는 물론 편의점마다 1인 가구를 위한 먹을거리와 생활용품이 비치되어 있습니다. 1인 가구는 더 이상 남의 얘기가 아닙니다. 누구나 1인 가구의 반열에 들 수 있으니까요.

　1인 가구주들의 가장 큰 어려움은 외로움이라고 합니다. 이를 극복하기 위해서는 같은 취미를 가진 사람들과의 교류를 통해 더욱 생산적인 삶을 살아야 합니다. 또한, 자기만족을 위한 자신만의 개성을 살리는 것도 큰 도움이 됩니다. 삶은 인간에게 맞춰주지 않습니다. 현명하게 1인 가구의 시대를 살아가기 위해서는 내가 삶에 맞춰야 합니다. 이는 어쩌면 숙명 같은 일일지도 모릅니다. 그 숙명까지도 감싸 안는 긍정적인 마인드가 필요한 시대임을 잊지 말아야겠습니다.

내 생애
가장 아름다운 순간

　삶은 그 자체만으로도 축복이며 은총입니다. 푸른 하늘을 매일 볼 수 있다는 것, 아름다운 꽃들과 나무를 볼 수 있다는 것, 푸른 바다와 강물을 볼 수 있다는 것, 자신이 하고 싶은 것을 할 수 있다는 것, 먹고 싶은 것을 먹을 수 있다는 것은 참으로 즐겁고 행복한 일이지요. 사랑하는 사람들과 함께한다는 것, 자신을 사랑하고, 자신을 사랑하는 그 사람만을 사랑한다는 것은 더없는 축복이자 은총입니다. 사람은 살아가는 동안 즐겁고 행복한 아름다운 순간을 때때로 경험하게 됩니다. 자신이 원하는 학교에 들어간다든지, 자신이 원하는 것을 손에 쥔다든지, 자신이 그토록 바라는 자리에 오른다든지 하는 등등이지요.

그런데 무엇보다도 생애 가장 아름다운 순간은 사랑하는 사람과 하나의 사랑으로 맺어질 때입니다. 그 순간은 생각만으로도 너무 황홀하고 아름다운 일이니까요. 사랑하는 두 사람의 사랑이 하나로 모일 때 사랑은 더 큰 에너지를 발생시킵니다. 그 사랑의 에너지는 두 사람을 더욱 돈독하게 하고, 어떤 상황에서도 서로의 사랑을 지켜주며 사랑하는 이를 자신보다 더 아끼고 사랑하게 합니다.

내 생애 가장 아름다운 순간을 느끼고 싶다면 진실로 사랑하는 이를 사랑하십시오. 그래서 탐욕도 미움도 시기도 없는 아름답고 찬란한 순간을 경험해보세요. 그것을 경험하는 순간 자신이 세상에서 가장 행복한 사람이라는 걸 알게 될 테니까요.

극한 고독과
인위적인 고독

 근원적으로 볼 때 인간은 혼자인 존재입니다. 혼자인 존재가 또 다른 혼자인 존재와 함께할 때 비로소 나와 네가 되고, 나아가 우리가 되는 것입니다. 인간이 모여서 집단을 이루고 사는 것은 혼자서 세상을 살아가는 것만큼 어렵기 때문입니다. 혼자서는 할 수 없는 일도 여럿이 하면 쉽게 할 수 있고, 혼자서 생각하지 못하는 것도 여럿이 머리를 맞대면 좋은 생각을 해내게 됩니다. 혼자는 약하지만 여럿이 함께는 강합니다. 이런 이유로 인간은 함께 살아야 하는 것입니다.

 이를 두 가지 관점에서 살펴본다면 첫째, 성서적 관점에서 볼 때 창조주는 아담을 만든 후 보기가 딱해 그가 자는 틈을 타 오른

쪽 갈비뼈 하나를 뽑아 하와를 만들어 그의 짝으로 삼았지요. 창조주는 "참 보기가 좋다"고 말했습니다. 그리고 이후 많은 인간들이 지상에 생겨나게 되었지요. 둘째, 과학적 관점에서 볼 때 최초의 인류는 390만 년 전에 지구상에 나타난 것으로 추정되고, 시간이 흐르면서 원시성을 벗고 문명화가 되었으며 지금에 이르게 되었습니다.

성서적 관점이든 과학적 관점이든 결론은 '인간은 혼자서는 살 수 없는 존재'라는 것이지요. 그렇다면 '혼자서는 왜 세상을 살 수 없을까' 하는 근원적인 문제에 대해 살펴보기로 하지요. '혼자'라는 말이 주는 뉘앙스는 고독과 외로움, 쓸쓸함입니다. 다시 말해 고독하고 외롭고 쓸쓸해서 혼자서 살아간다는 것은 힘들다는 것을 의미하지요. 아무리 먹을 것이 풍요롭고 좋은 환경이 갖춰졌다고 하더라도 고독을 이겨낼 수 없습니다. 특히 극한 고독에 처하게 되면 인간은 두려움을 느끼게 되고, 무한한 절망감에 사로잡히게 됩니다. 일찍이 실존주의의 창시자라고 불리는 키에르 케고르는 "절망은 죽음에 이르는 병"이라고 설파했습니다. 그러니까 인간은 절망감에 사로잡히면 죽음에 이르게 될 만큼 심각하다는 것입니다. 그런데 극한 고독은 절망의 원인으로 작용하니 고독이 얼마나 무섭고 두려운 것인지를 잘 알 수 있습니다. 하지만 이는 어디까지나 '극한 고독'에 사로잡힐 때의 일입니다. 자신을 좀 더 깊이 있게 살핌으로써 의미 있는 삶을 살기 위해서는 적당히 고독해질 필요가 있습니다. 다시 말해 자신과 자신의 내면이 만나는 시간이 필요하다는 것입니다. 자신과 자신의 내면이 만나게 되면, 자신의 본 모습을 가장 확실하게 들여다볼 수 있기 때문이지요.

그런데 고독하면 술로 자신의 고독을 이기려고 하는 사람들이 있습니다. 술은 일시적으로 고독을 잊게 하는 마취제와 같을 뿐 근본적인 해결책은 되지 않습니다. 고독하다고 느낄 땐 피하지 말고 고독을 받아들이는 자세가 필요합니다. 그것은 고독을 통해 자신을 진지하게 들여다보는 것입니다. 그렇게 하다 보면 자신에 대해 진지하게 알게 되고, 좀 더 가치 있게 살기 위해 노력하게 되지요.

아이러니하게도 나는 고독할 때 시가 찾아옵니다. 이럴 땐 시를 쓰는 것이 아니라 시가 쓰여집니다. 마치 자동분사기에 분사가 되듯 내 머리에서는 시어들이 줄줄이 쏟아져 나옵니다. 나는 이를 받아서 적습니다. 그러면 그것은 곧 시가 됩니다. 하지만 고독을 느끼지 않을 때도 나는 시를 쓰기 위해 인위적으로 고독해집니다. 사람들과의 만남을 끊고, 혼자만의 시간에 나를 철저하게 가둬두지요. 그렇게 하다 보면 은연중에 고독을 느끼게 되고, 시를 쓰게 됩니다. 극한 고독은 때론 인간에게 절망감을 주지만, 외로움을 느

낄 만큼의 고독은 때론 자신을 투명하게 바라보게 하는 성찰의 시간이 되기도 하고, 반성의 시간이 되는 창조적이고 생산적인 시간이지요.

그렇습니다. 극한 고독은 피해야 하지만 만일 고독을 느끼지 못한다면 인위적으로라도 고독해져야 합니다. 그렇게 될 때 자신의 내면을 살핌으로써 좀 더 의미 있게 살아가는 데 도움이 될 테니까요.

나를
만나는
소중한 시간

사색은
단순히 생각하는 것이 아니라
사색을 통해 새로운 생각을 발견하고
마음을 깨끗이 하는 일입니다.
사색하십시오.
사색은 나를 만나는 소중한 시간입니다.

시가 읽히지 않는
이유에 대하여

　시집을 내기가 하늘의 별 따기처럼 어려운 시대입니다. 시집을
내고 싶어도 시집을 내려는 출판사가 별로 없습니다. 시집을 내는
문학전문 출판사는 손가락에 꼽을 정도입니다. 시집을 내는 출판
사는 대개 자신들과 연관성이 있는 시인의 시집을 낼 뿐 그들의
무리에 끼어들어 시집을 내기란 거의 불가능합니다. 그들 또한 보
통 5년을 주기로 시집을 내고, 초판을 1,000부도 찍지 못한다고
합니다. 그나마 찍어도 팔리는 시인들의 일부 시집만 제작비를 건
질 뿐 대개는 재판도 찍지 못한다고 합니다. 현실이 이렇다 보니
시인들은 자비로 시집을 내는 게 무슨 관례처럼 된 지 이미 오래
입니다.

나는 그동안 시집과 시선집 등 모두 10권을 낸 바 있습니다. 시집 중엔 독자의 사랑을 듬뿍 받은 시집도 있습니다. 내 시를 좋아하는 마니아들도 꽤 있습니다. 그런 나도 시집을 내기가 쉽지 않아 시집 원고를 묶어 놓은 채 기회만 보고 있습니다. 시집이 읽히지 않는 사회는 그만큼 정서가 메마르고 각박하다는 방증입니다. 이 모두는 시인들의 자업자득이라고 생각합니다. 독자들이 이해할 수 없는 시나 써대니, 가뜩이나 머리 복잡한 시대에 누가 머리 아픈 시를 읽으려고 한단 말인가요. 그런데도 그런 시가 다인 양 주례사 비평을 일삼고 추켜세우고 떠들어대고 있으니, 시를 안 읽는 독자들을 탓한다는 것은 지독한 모순이 아닐 수 없습니다. 독자들이 외면하는 시는 정교하게 잘 짜인 그럴듯한 언어의 쓰레기일 뿐입니다. 진정 시를 사랑하고 독자를 위한다면 메마른 정서를 어루만져 줌으로써 삶의 의미를 재발견함은 물론, 꿈과 희망을 줄 수 있어야 합니다. 그렇게 될 때 독자는 시를 사랑하게 되고, 시는 문학의 윗자리로써 본분을 다하게 될 테니까요.

원조라는
말이 주는 공허함

　원조라는 말엔 '전통과 명예'라는 의미가 내포되어 있습니다. 가령, 충무의 나전칠기라든가 한산의 모시, 전주의 한지, 안동의 간고등어, 금산의 인삼, 담양의 대나무공예 등 그 지방이 전국에서 최초이자 최고라고 불리는 것은 가히 원조라고 할 만합니다. 그런데 진짜 원조를 흉내 내어 온갖 원조들이 판을 치고 있습니다. 원조 장충동 족발, 원조 춘천 닭갈비, 원조 놀부 보쌈 등이 잘 되니까 이를 빙자한 온갖 원조의 아류들이 전국을 휘젓고 있습니다. 그러다 보니 '진짜 순원조'라는 웃지 못할 간판들이 고개를 내밀며 사람들의 발길을 유혹합니다. 이처럼 '원조'라는 말이 들어간 간판들이 우후죽순처럼 늘어나다 보니 '어떤 게 진짜 원조야?'

하는 의구심이 드는 것은 당연한 일이지요. 이제는 원조라는 말이 식상해질 대로 식상해져 공허하기까지 합니다. 그렇다면 이는 무엇을 뜻하는 것일까요. 그것은 '불신'을 조장하고 초래하는 결과를 낳았음을 의미합니다. 그래서 '남이 잘되니까 나도 한다'는 식으로 해서는 안 됩니다. 그것은 모두를 잘못되게 하는 일이니까요.

자신이 정말 잘되고 싶다면, 자기만의 보물을 개발해야 합니다. 그래야 누구도 흉내 내지 못하게 자기만의 이름을 확실히 남길 수 있을 테니까요. 그리고 요즘 사람들은 약아서 '원조'라는 말에 잘 현혹되지 않는다는 걸 알아야 합니다. 그 어떤 삶도 진실을 벗어나서는 결코 잘될 수 없으니까요.

사람과 동물은
공존해야 한다

남아프리카공화국엔 돈을 내고 사자를 사냥하는 사자 공원이 있습니다. 사람들은 자신의 욕망을 채우기 위해 정해진 돈을 지급한 뒤 아무런 죄도 없는 사자를 죽입니다. 총으로 쏘아 죽이는 것도 모자라, 활을 쏘기도 하고 예리한 창으로 찔러 죽입니다. 백수의 왕 사자는 죽지 않으려고 발버둥을 치지만, 그것은 마지막 몸부림에 지나지 않을 뿐 끝내는 숨을 몰아쉰 뒤 죽고 맙니다. 그런데 나를 아연실색하게 한 것은 죽은 사자를 대하는 사람들의 행동이었습니다. 그들은 마치 자신들이 무슨 영웅이나 된 듯이 죽은 사자를 보고 낄낄거리며 웃고 떠들어댔습니다. 그리고 사자의 가죽을 벗겨 박제하는 등 잔인성을 여과 없이 드러냈습니다. 말은 못하지만 사자도 엄연한 생명을 지닌 동물인데 인간이 무슨 권리로 함부로 사자를 죽인단 말인가요. 이는 인간의 몰상식하고 오만한 행동이자 횡포로, 그 어떤 명분도 없는 죄악일 뿐입니다.

가장 이상적인 자연은 사람과 동물이 어울려 살아가는 것입니다. 그러기 위해서는 사람과 동물이 공존해야 하며 자연환경이 훼손되지 않도록 해야 합니다. 만일 사람이든 동물이든 어느 하나가 소멸한다면 그로 인해 지구의 종말을 초래할 수도 있습니다. 사자 사냥 같은 비생산적이고, 몰상식적인 일을 멈춰야 합니다. 지금도 눈을 부릅뜬 채 죽어가던 사자의 눈빛을 잊을 수 없습니다.

지혜로운 자와
어리석은 자

　요즘 우리 사회는 사람들을 매우 불편하게 합니다. 국민의 눈살을 찌푸리게 하는 싸구려 정치판의 추태, 경제 수준의 불균형, 천만에 근접하는 비정규직 문제, 가진 자들의 세금 떼어먹기, 대기업의 자기 계열사 일감 몰아주기, 걷잡을 수 없는 학교폭력 등 눈에 보이는 것들이나 들려오는 이야기는 죄다 신경을 극도로 자극합니다. 이처럼 불편한 진실로 인해 삶은 점점 더 고달프고 하루하루가 짜증의 연속입니다. 사는 일이 즐겁고 신나야 하는데 우울의 그늘을 뒤집어쓰고 살아가는 형국입니다.

　불편한 진실에 길이 보이지 않습니다. 이럴 때일수록 책을 읽어야 합니다. 책 속엔 불편한 진실을 헤쳐 나갈 방도가 있습니다. 책을 통해 위로받고 지혜를 구해야 합니다. 지혜로운 자는 책에서 위로받고 지혜를 구하려고 하지만, 어리석은 자는 술에서 위로를 받으려고 합니다. 물론 술도 하나의 방도일 수 있지만 어디까지나 일순간에 불과하지요. 책에서 지혜를 구하는 자가 진정으로 현명한 사람입니다.

어른이 되고 싶은
아이들

　길을 가던 중 화장을 한 여중생을 보았습니다. 들떠 보이는 파운데이션에 입술은 새빨간 립스틱을 칠했습니다. 어설퍼도 한참 어설퍼 보이는 화장이었습니다. 그런데 아이는 무엇이 그리도 신이 났는지 친구와 재잘거리며 연신 큰 소리로 웃어댔습니다. 요즘은 초등생 여자아이들 중에도 화장을 하는 어린이들이 있다는 말을 들은 적이 있는데, 막상 화장한 아이를 보니 그것이 헛소문이 아니라는 걸 알았습니다. 게다가 교복 치마는 왜 그리도 짧은지 미니스커트도 그런 미니스커트가 없습니다. 빨리 어른이 되고 싶은 아이들의 심리를 보는 것 같아 안타까운 마음이 들었습니다. 그 심리 중에는 공부의 강박관념에서 벗어나고 싶은 마음이 클 것이라는 생각에서입니다.

어른이 되면 지겨운 공부에서 해방이 될 수 있고, 자신이 하고 싶은 대로 할 수 있다는 생각이 아이들에게 반작용으로 나타나는 것이니까요. 물론 어른을 흉내 내고 싶어 하는 마음이 작용하는 것도 부인할 수는 없습니다. 어쨌든 아이들이 어른 흉내를 낸다는 것은 그리 바람직하지 않습니다. 아이들은 제 나이에 맞게 생각하고 행동해야 하니까요. 그것이 아이다운 일이고, 그렇게 해야 좀 더 성숙한 어른으로 성장할 수 있기 때문입니다. 한 가지 바람이 있다면 지나친 입시 경쟁으로부터 아이들이 벗어나는 것입니다. 그래서 아이들이 좀 더 푸른 하늘을 바라보며 진정으로 자신이 원하는 길을 갔으면 합니다.

채움이란
무엇인가

비울 줄 아는 자만이
채움의 진정한 즐거움을 압니다.
내려놓을 줄 아는 자만이
참소유의 가치를 알게 됩니다.
무욕은 비워냄으로써 채우는 것입니다.

삶의 윤활유인 소통,
그 절대적 가치에 대하여

'소통'의 사전적 의미는 '막힘없이 서로 잘 통하다'입니다. 잘 통한다는 것은 인간관계를 문제없이 잘 해나간다는 것을 뜻하지요. 현대사회는 그 어느 때보다도 소통이 중시되는 시대입니다. 소통을 잘하느냐 못하느냐에 따라 삶에 미치는 영향이 절대적이기 때문이지요. 대개 사람들은 소통을 잘하기 위해서는 말을 유창하게 해야 한다고 생각합니다. 물론 소통을 잘하기 위해서는 말을 잘하는 것도 도움이 되지요. 그러나 단지 말을 잘한다고 해서 소통을 잘하는 것은 아닙니다. 소통은 포괄적 의미를 담고 있어 소통을 잘하기 위해서는 친절, 칭찬, 성실, 책임감, 인사성, 진정성, 예절 등 소통의 요소를 두루 잘 갖춰야 합니다. 소통은 말로 하는 것이 아니라 이러한 소통의 요소에 의해 좌우되는 것이니까요. 그런 까닭에 말을 유창하게 잘해도 소통의 요소를 갖추지 못하면 소통하는 데 문제가 있습니다. 하지만 말을 잘 못해도 소통을 잘하는 사람은 소통의 요소를 발휘하는 능력이 뛰어납니다. 특히, 요즘처럼 소셜 네트워크 서비스(SNS)가 발달한 시대에는 'SNS'를 상황에 맞게 적절히 활용하는 것도 바쁜 일상에서의 소통 방법으로는 매우 요긴하다고 할 수 있지요. 소통이 성공적인 인생이 되는 데 있어 미치는 영향의 중요성에 대해 헨리 포드는 이렇게 말했습니다.

"성공의 비결이 있다면 그것은 남의 입장에 설 줄 아는 지혜다. 그리고 자신의 입장처럼 남의 입장을 이해한 다음 매사를 객관적으로 처리하는 것이다."

포드의 말에서 알 수 있듯 성공적인 인생의 핵심 요소는 '소통'입니다. 상대의 입장에서 생각하고 상대를 대하는 역지사지적인 소통은 상대를 감동하게 함으로써 좋은 결과를 얻게 합니다. 포드는 직원들의 입장에서 회사를 경영한 것으로 유명합니다. 그의 따뜻한 인간애는 직원들을 감동시켰으며 그가 성공하는 데 기폭제가 되었지요. 포드의 경우에서 보듯 소통을 잘하고 못하느냐에 따라 그 사람의 인생이 결정될 만큼, 소통이 개개인의 삶에 미치는 영향은 실로 막대합니다. 동서고금을 막론하고 성공적인 인생을 살았던 사람들이나, 살고 있는 사람들의 공통점은 '소통의 대가' 들이라는 것에서 그 의의를 찾을 수 있습니다. 이는 무엇을 말할 까요? 소통이 성공적인 인생으로 사는 데 절대적인 가치를 지닌 다고 하겠습니다. 이에 인생의 고전이 된 에이브러햄 링컨, 데일 카네기, 스티브 잡스, 앤드류 카네기의 삶을 통해 그들만의 소통 의 특징과 비법에 대해 알아두는 것도 소통하는 데 있어 매우 유 익함이 될 것입니다.

미국의 영원한 대통령으로 존경받는 링컨은 '진정성'이 매우 뛰 어났습니다. 진정성은 '진실하고 참된 마음'으로 정직하고 거짓이 없음을 뜻하지요. 그래서 진정성이 있는 사람은 '진실'이란 울타 리를 벗어나지 않습니다. 진실의 울타리를 벗어나는 순간 진정성 의 가치를 상실하게 된다는 것을 잘 알기 때문이지요. 진정성은 인간관계에 있어 반드시 지녀야 할 '소통의 요소'로 진정성이 좋 으면 인간관계에 막힘이 없지만, 진정성이 없으면 인간관계가 막 히게 됩니다. 링컨은 이를 누구보다도 잘 알았고 평생을 품격 있 는 인격자의 삶을 실천한 것으로 유명하지요. 링컨의 소통의 특징 은 '진정성의 소통'이라고 할 수 있습니다.

링컨의 소통 비법을 세 가지로 정리하면 첫째, 작은 일에도 관 심을 가져주었습니다. 사람들은 작은 일에 관심을 가져주는 사람을 좋아하고 그를 고매한 인격자처럼 여깁니다. 왜 그럴까요? 작은 일에 관심을 가져주는 사람은 매사를 진정성 있게 대한다고 믿는 까닭이지요. 링컨은 대상이 어린이든, 성인이든, 그 누구라 할지라도 깊은 관심을 가져줌으로써 사람들로부터 환심을 극대화시켰습니다.

둘째, 상대의 이야기를 잘 들어주었습니다. 사람들은 대개 자신의 얘기를 잘 들어주는 사람에게 관심이 많습니다. 남의 말을 잘 들어주는 사람은 이해심이 많고 상대를 배려하는 마음이 좋다고 믿기 때문이지요. 링컨은 남의 말을 진지하게 잘 들어 주었습니다. 특히 아무리 화가 난 사람의 말도 끝까지 경청함으로써 분노한 마음을 풀어주었지요.

셋째, 솔선수범함으로써 모범을 보였습니다. 대개의 사람들은 남들이 잘 안 하는 일을 하거나 앞장서서 궂은일을 하면 그 사람을 달리 보게 됩니다. 매사에 긍정적이고 인간성이 좋은 사람이라고 생각하기 때문이지요. 링컨은 대통령이라는 신분과는 달리 구두를 손수 닦아 신을 정도로 검소하고 겸허했으며, 사람들 위에 군림하려고 하지 않았습니다. 언제나 낮은 자세로 참모들이나 사람들과 함께함으로써 따뜻한 존경을 한 몸에 받았지요.

소통의 '라이프 티쳐Life Teacher' 데일 카네기는 인간관계에서 가장 중요한 것은 인간경영 및 자기계발이라는 것에 주목하고 이 일에 평생을 바쳤습니다. 인간관계가 좋아야 자신의 삶을 성공적으로 이끌어냄은 물론 행복한 삶을 영위할 수 있다고 확신했기 때문이지요. 이런 그의 생각은 미국인들은 물론 전 세계인들에게 인간관계의 중요성을 일깨워 능동적인 삶을 살아가는 데 있어 큰 영향을 끼쳤습니다. 그로 인해 데일 카네기는 미국의 수많은 자기계발 전문가 중에서도 독보적인 존재가 되었지요. 그의 소통의 특징은 '인간경영의 소통'이라고 할 수 있습니다.

데일 카네기의 세 가지 소통 비법은 첫째, 자신을 돕듯 대중의 삶을 도왔습니다. 그는 인간경영 및 자기계발에 대한 연구를 통해 얻은 배움의 가치를 다른 사람들에게 전수해 줌으로써 그들이 잘 살아갈 수 있도록 평생을 바쳤지요. 데일 카네기는 자신을 돕듯 대중의 삶을 도왔으며 수많은 사람들과 끊임없이 소통했습니다. 그로 인해 자신은 물론 많은 사람들이 스스로가 원하는 삶을 살 수 있었습니다.

둘째, 절대적 긍정으로 자신감을 심어주었습니다. 데일 카네기는 매우 긍정적인 사고방식으로 무장한 사람이지요. 그의 머리와 가슴에는 온통 긍정의 에너지로 충만했습니다. 그는 만나는 사람들 누구에게나 끊임없이 긍정의 에너지를 심어주었지요.

셋째, 경청함으로써 사람들의 마음을 샀습니다. 남의 말을 잘 들어주는 것은 매우 중요합니다. 남의 말을 경청한다는 것은 상대에 대한 존중이자 깊은 관심의 표명과도 같기 때문이지요. 데일 카네기 역시 남의 말을 잘 들어준 것으로 유명합니다. 그의 경청의 자세는 많은 사람들에게 그가 '대화의 명수'라는 인식을 심어 주었고, 성공적인 인생을 살 수 있도록 했습니다.

상상력의 귀재, 세상을 바꾼 위대한 천재적 실천가 스티브 잡스는 혁신의 아이콘으로서 세상을 변화시키는 개혁자적인 이미지가 누구보다도 잘 어울리는 사람이었습니다. 그는 뛰어난 직관력과 상상력을 갖췄으며, 강한 의지를 지닌 긍정적인 사람이었지요. 스티브 잡스는 애플의 제품을 자신이 직접 프레젠테이션 방식을 통해 설명함으로써 소비자들에게 피력했습니다. 그가 프레젠테이션 방식으로 소비자와 소통을 시도한 것은 그만큼 애플의 제품에 자신이 있다는 방증과도 같으니까요. 그의 전략은 그 자신을 세계 최고의 기업인 애플의 CEO로 세계인들의 가슴 깊이 각인시키는 것이었습니다. 한마디로 그의 소통의 특징은 '프레젠테이션의 소통'이라고 할 수 있습니다.

스티브 잡스의 소통 비법 세 가지는 첫째, 변화와 혁신을 추구했다는 것입니다. 변화와 혁신이라는 두 낱말은 '새로움'과 '미래'

라는 이미지를 내포하고 있습니다. 스티브 잡스는 가장 변화적이고 가장 혁신적인 사람이었습니다. 그는 늘 새로움을 꿈꾸었지요. 그것은 그가 살아가는 이유이자 목적이었으니까요. 그는 천리안을 가진 사람이었습니다. 그가 예측하는 것들은 곧 현실이 되었고 미래가 되었습니다.

둘째, 스스로를 믿는 자기 확신이 강했습니다. 자기 확신이 강한 사람은 신념과 의지 또한 강하지요. 또한 자기애가 강했습니다. 왜 그럴까요. 자기 확신이 강하면 자신이 원하는 것을 이루겠다는 신념과 의지를 강하게 발동시키기 때문이지요. 스티브 잡스는 강한 자기 확신을 갖고 실행함으로써 자신의 계획을 성공시킬 수 있었습니다.

셋째, 뛰어난 설득력으로 어필하였습니다. 상대를 내 생각 안으로 끌고 들어와 내 생각에 공감하게하고 동조하게 하기 위해서는 상대의 마음을 사로잡아야 합니다. 상대를 사로잡기 위해서 필요한 것은 바로 설득이지요. 설득을 잘하느냐 못하느냐에 따라 상대를 설득할 수도 있고, 도리어 설득당할 수도 있습니다. 스티브 잡스는 상대에 따라 그에게 잘 맞는 설득을 시도함으로써 설득의 귀재가 될 수 있었습니다.

앤드류 카네기는 지혜롭고 의지가 굳은 신념의 소유자였습니다. 그는 가난한 환경으로 인해 어린 시절부터 힘들게 일하면서도, 자신의 미래를 위해 늘 책을 읽으며 공부했지요. 그러한 그의 모습은 주변 사람들에게 좋은 이미지를 심어주었습니다. 또한 앤드류 카네기는 근검절약하고 검소한 생활을 한 것으로도 유명합니다. 그는 자신에게 매우 엄격해서 '20가지 금언'을 만들어 실천했으니까요. 그의 이런 삶의 자세는 그를 바른 길로 가게 했고, 가난하고 소외받은 사람들을 위해 헌신하게 했으며, 힘들게 번 재산을 보람 있고 가치 있게 쓰게 했습니다. 사람들은 그를 마음 깊이 존경했으며, 실천적인 그의 삶은 그 자체만으로도 인간관계에 있어 훌륭한 소통의 수단이 되었지요. 앤드류 카네기의 소통의 특징은 '베풂과 나눔의 소통'이라고 할 수 있습니다.

앤드류 카네기의 소통 비법은 첫째, 상대의 마음을 얻는 능력이 뛰어났습니다. 그는 천성적으로 소통 능력이 뛰어나, 상대의 기분을 좋게 하고 마음 사는 일에 매우 탁월했습니다. 특히 그는 직원들의 학벌보다는 각 개개인의 능력을 우선시했지요. 그는 사람의 능력은 학벌에서 나오는 것이 아니라 그 사람이 지닌 잠재된 능력에서 나온다고 믿었습니다. 그는 각자의 능력에 맞는 일을 맡기고 상대를 예우함으로써 자존감을 높여주었습니다. 기분이 좋아진 직원들은 하나 같이 자신의 일처럼 최선을 다했지요.

가치 있는 인생을 살고 싶다면
'품격 있는 소통'을 통해 원활한 인간관계를 형성해야 합니다.
인간관계가 원활하면 막힘이 없기 때문이지요

둘째, 성실성이 뛰어났습니다. 성실한 사람은 주변 사람들에게 좋은 이미지를 심어줍니다. 성실하면 인간성도 괜찮고 그와 교류하면 자신에게 도움이 된다고 생각하기 때문이지요. 앤드류 카네기는 매사에 성실했습니다. 그는 사람들에게 좋은 이미지를 심어주어 늘 주변엔 좋은 사람들로 가득했습니다.

셋째, 베풂과 나눔을 실천했습니다. 베풂과 나눔을 한마디로 말한다면 '사랑의 실천'이라고 할 수 있지요. 사랑 없이는 절대 할 수 없는 것이 베풂이며 나눔이기 때문입니다. 엔드류 카네기는 평생 피땀 흘려 번 돈을 사회에 환원하기로 결심하고, 학교를 짓고 도서관을 짓는 데 후원했습니다. 그는 돈을 가치 있게 씀으로써 자신의 인생의 가치를 드높인 위대한 실천가이며 삶의 승리자였습니다.

가치 있는 인생을 살고 싶다면 '품격 있는 소통'을 통해 원활한 인간관계를 형성해야 합니다. 인간관계가 원활하면 막힘이 없기 때문이지요. 원활한 인간관계를 위해서는 '인격적'으로 상대를 대해야 합니다. 사람은 누구나 자신이 인격적으로 대접받는다는 것에 기분 좋아하고, 상대와 긴밀하고 원활한 소통을 이어가길 바랍니다. 이의 중요성에 대해 임마누엘 칸트는 이렇게 말했습니다.

"인격이란 자각할 줄 알고 스스로 책임질 줄 아는 이성적 존재자이기 때문에 인격을 언제나 목적으로 다루어야지, 절대 수단으로 다루어서는 안 된다."

이 말은 이성을 가진 사람들은 서로를 인격적으로 대해야 한다는 것입니다. 그래야 막힘없는 소통을 이어갈 수 있으며, 품격 있는 소통으로써의 가치를 지니기 때문이지요. 품격 있는 소통을 위해서는 첫째, 상대를 존중해야 합니다. 둘째, 상대의 장점을 칭찬하십시오. 셋째, 상대가 대접받는다는 느낌이 들게 하십시오. 넷째, 진정성 있게 대해야 합니다. 다섯째, 기품 있게 말하고 행동해야 합니다. 여섯째, 배려하고 양보하십시오. 일곱째, 약속을 하면 반드시 지켜야 합니다.

자신의 가치를 높이고 풍요로운 인생을 살기 위해서는 위의 일곱 가지를 실천함으로써 품격 있게 소통해야 합니다. 품격 있는 소통은 인간관계를 끌어올리는 '최적화된 소통 비법'인 것입니다.

인간적인 사람,
비인간적인 사람

  인간적인 사람은 무엇이며 비인간적인 사람은 무엇일까요? 인
간적인 사람은 사람답게 말하고 행동하는 사람이라고 할 수 있습
니다. 즉 인격을 갖추고 자신에게 정직하고 부끄러움이 없는 사람
으로서 다른 사람들에게 득이 되는 사람이라고 할 수 있지요. 그
리고 인간적인 사람은 남의 약점이나 단점을 이용해 그 사람을 궁
지로 몰아넣는 비열한 짓 따위는 하지 않습니다. 인간적인 사람은
어디서든 꼭 필요한 사람이지요.

  그러나 비인간적인 사람은 사람답지 못한 말과 행동을 하는 사
람이지요. 자신에게나 남에게도 정직하지 못하고 부끄러운 행동
을 아무렇지 않게 하는 사람을 말합니다. 비인간적인 사람은 자신

에게 이익이 된다면 남의 단점이나 약점을 이용해 그 사람을 곤경에 처하도록 하는 짓을 아무 거리낌 없이 해댑니다. 이렇듯 인간적인 사람과 비인간적인 사람은 사람다운 말과 행동을 하느냐 못하느냐에 따라 판가름나는 것입니다.

"어떤 이들은 다른 사람의 단점을 세상에 드러내면서 자신의 단점을 덮어버리거나 희석하려고 한다. 혹은 거기에서 위안을 찾아내려고도 한다. 하지만 이는 자신의 무지에서 비롯된 위안일 뿐이다. 세상에 단점 없는 사람은 없다. 누구나 남들이 아는 혹은 남들이 눈치 채지 못하는 단점을 갖고 살아간다. 현명한 사람은 타인의 잘못을 들추지 않는다. '애정 어린 충고'라는 평계로 걸핏하면 남의 단점을 들추고 비평하는 자는 겉모습만 그럴듯한 비인간적인 사람이다."

이는 17세기 스페인 철학자인 발타자르 그라시안이 한 말로 비인간적인 사람의 행태에 대해 잘 보여주고 있습니다. 발타자르 그라시안은 비인간적인 사람이란 '애정 어린 충고'라는 이름으로 걸핏하면 남의 단점을 들추고 비평하는 자로 겉모습만 그럴듯한 사람이라고 말합니다.

그렇습니다. 이런 사람은 남의 단점을 잘 들추어내지만 정작 자신이 무엇을 잘못하는지는 잘 모릅니다. 인간적인 사람은 어느 곳에서나 필요로 하는 사람이고 이런 사람이 많은 직장일수록 화목하고 동료애가 좋으며, 이런 사람이 많은 사회일수록 즐겁고 행복한 사회입니다. "당신은 인간적인 사람입니까?"라는 물음에 "그렇다"고 대답할 수 있는 사람이 되어야 합니다. 그것이 인간으로 태어난 것에 대한 도리이며 예의입니다.

현명한 사람은 타인의 잘못을 들추지 않는다.
'애정 어린 충고'라는 핑계로 걸핏하면 남의 단점을 들추고
비평하는 자는 겉모습만 그럴듯한 비인간적인 사람이다.

천심天心으로
사는 사람

　나는 농부들을 볼 때마다 그들이 참 대단하다는 생각을 넘어 위대하다고 생각합니다. 농사를 짓는다는 것은 어려운 수행을 하는 것과 같다는 생각에서입니다. 더구나 수행은 자신의 몸과 마음을 다스리기 위한 일이지만, 농사를 짓는다는 것은 사람들이 먹을 일용할 양식을 생산하는 창조적인 일이기 때문이지요. 농사는 삶의 수행을 넘어 생명을 이어가게 하는 거룩한 의식과도 같은 것이지요. 그 어떤 종교보다도 우뚝하고, 경탄스러운 일이 아닐 수 없습니다. 농사를 짓는다는 것은 많은 인내와 끈기가 필요하고, 자연의 가르침을 따르는 일이기도 하지요. 인내와 끈기가 없고, 자연의 순리를 따르지 않으면 농사를 지을 수 없습니다.

비가 안 오면 가뭄이 들까 봐 속이 타고, 홍수가 지면 농사를 망칠까 걱정이 되지요. 이는 사람 마음대로 할 수 있는 일이 아니라서 더더욱 마음이 조급해지고 애가 탑니다. 인내심과 끈기가 없으면 절대로 할 수 없는 일이 농사일입니다. 그런데 농부들은 이런 일을 수없이 겪으면서도 농사짓는 일을 내 몸 사랑하듯 합니다. 또한 자연의 순리를 그대로 받아들여 거역하는 법이 없습니다. 참으로 대단한 인내와 끈기가 아닐 수 없습니다. 이런 관점에서 볼 때 나는 절대로 농사를 지을 수 없는 사람이지요. 비가 안 오면 안 와서 걱정, 비가 많이 오면 많이 와서 걱정할 게 빤하기 때문입니다. 아마 내 속은 까맣게 숯덩이가 되고 말 겁니다.

그렇습니다. 나는 농사짓기에는 턱없이 부족한 사람이지요. 그러니 농부들이 얼마나 대단한 사람들인지 경외감이 드는 것은 당연한 일입니다. 나는 개인적으로 농부는 하나님 다음으로 높은 사람이라고 생각합니다. 이런 내 생각이 어린아이 같을지 몰라도 내 생각은 변함이 없습니다. 그런데 농사짓는 일을 하찮게 생각하는 이들이 많은 것 같습니다. 농부를 부모로 둔 아이들 중에도 부모 직업이 농부인 것을 부끄럽게 생각하는 아이들이 많은 것 같습니다. 농부들 중에도 마지못해 농사를 짓는다고 말하는 이들이 있지요. 그만큼 농사짓는 일이 힘들고, 힘든 만큼 경제적 소득이 따라

주지 못하는 이유에서지요.

그러나 많은 농부들은 농사짓는 일을 숙명처럼 받아들여, 수행을 하듯 농사일에 최선을 다합니다. 그리고 그렇게 해서 지은 농작물을 이 땅에 살아가는 많은 사람들을 위해 내어 놓습니다. 쌀을 비롯한 대다수의 농작물은 다른 공산품에 비해 값이 싼 편입니다. 하지만 그것을 알면서도 어김없이 농사철이 되면 농사짓는 일을 숙명처럼 받아들여 수행하듯 땀과 열정을 쏟습니다. 그들이 있기에 이 땅을 살아가는 우리는 따뜻한 밥을 먹고 각자만의 행복한 삶을 영위하고 있습니다. 농부는 더 이상 농부가 아닙니다. 그들은 세상을 창조한 하나님 다음으로 높은 위대한 존재라는 사실을 잊어서는 안 될 것입니다.

안주한다는
것은

안주한다는 것은
스스로를 부패시키는 일입니다.
여유로운 마음을 갖고 살되
늘 생각을 새롭게 해야 합니다.

지금부터
내 인생을
살기로 했다

초판1쇄 인쇄 2018년 12월 15일
초판1쇄 발행 2018년 12월 20일

지은이 | 김옥림
펴낸이 | 임종관
펴낸곳 | 미래북
편 집 | 정광희
표지 디자인 | 강희연
본문 디자인 | 디자인 [연:우]
등록 | 제 302-2003-000026호
주소 | 서울특별시 용산구 효창원로 64길 43-6 (효창동 4층)
마케팅 | 경기도 고양시 덕양구 화정로 65 한화 오벨리스크 1901호
전화 02)738-1227(대) | 팩스 02)738-1228
이메일 miraebook@hotmail.com

ISBN 979-11-88794-20-1   03800